PANO CALO/
FROWN OF THE GREAT

A Bemba and English Bilingual Translation version

Author: **Stephen A. Mpashi**
Translator: **Austin Kaluba**

Edited by **Tendai Rinos Mwanaka**

Mwanaka Media and Publishing Pvt Ltd,
Chitungwiza Zimbabwe
*
Creativity, Wisdom and Beauty

Publisher: Mmap
Mwanaka Media and Publishing Pvt Ltd
24 Svosve Road, Zengeza 1
Chitungwiza Zimbabwe
mwanaka@yahoo.com
mwanaka13@gmail.com
https://www.mmapublishing.org
www.africanbookscollective.com/publishers/mwanaka-media-and-publishing
https://facebook.com/MwanakaMediaAndPublishing/

Distributed in and outside N. America by African Books Collective
orders@africanbookscollective.com
www.africanbookscollective.com

ISBN: 978-1-77921-335-8
EAN: 9781779213358

Acknowledgement

Bemba version first published by Zambia Educational Publishing House

First edition 1956

Reprinted 1966, 1967, 1971, 1974

Reprinted 1989 by Kenneth Kaunda Foundation
(Publishing and Printing Division)
P.O. Box 32664, Lusaka, Zambia

Reprinted 1966, 2003 and this reprint 2009
By Zambia Educational Publishing House
Light Industrial Area
Chishango Road
P.O. Box 32708, Lusaka, Zambia

ISBN 9982-01-062-X

PANO CALO

Chapter 1

Bushiku bumo umwanakashi afumine mu mushi umo baikele na wiba, mu musumba; aya aletundusa amapanga na mapanga ku kumona ba nyina uko baikele ku mushi umbi ukutali. Aimite ilyakuti kwati ni bampundu bakapongolokamo. Asuka ayamona abafyashi bakwe, na ku mutima kwatalala. Ailepwako utushiku tumo-tumo.

Pakubwela, cilia aisa alapalama ku musumba ukokwine aleya, bakumana na bantu abasendele icala baletwala ku kushiika. Icala basendele: mukote uwa mumushi umomwine, uwashele afwa ilyo wena acili ku kumona ba nyina. Bati bakumane ifi, umwanakashi aluba ne camwiminika. Abapingile icala nabo baluba ne cabeminika, baiminima fye shilili bonse. Elyo icala calaeba umwana munda muli nyina, ukwabula ukuti abantu bomfwe, aciti: 'Iwe we mwana uli umo mwifumo, waya kwi?'

Umwana mwifumo ati: 'Naya ku kufyalwa.'

Icala aciti: 'We mwana wiesha kuyafyalwa pa calo tapaba kuwamya; iwe twende fye ubwekelemo. Mona ine ninsuka nimfilwa, nimfumapo.

Umwana munda ati: 'No kwangala namwangala shikulu, bushe imyaka yonse ii mupwilepo, ngosuule.'

Umukote mu cala ati: 'Ifyofine nakweba we mwana bwekelamo; pa calo tapaba kuwamya. Ifyamalila fyonse, nefyo abene batila ukusansamuka, no bukankaka, no kucindama, ala fyafye. Nicho fye abene tabaishiba, kabili tabafwaya na kwishiba ukuti icalo cabafumbatika fye icisushi. Iwe we mwana, bwela, ku kufyalwa wiyako.'

Umwana munda ati: 'Awe shikulu, lekeni nje njimwene.'

Umukote mu cala ati: 'Mwa?! Cisuma tata kabiye. Nomba, nga ulefwaya ukuyamwensekesha bwuino-bwino, pa kufyalwa uyefyalwa cibulu.'

Umwanakashi nomba aluba ne catila akwenda. Abapingile icala nabo baluba nefyo batendeka ukwenda. Bapusana, umwanakashi alaaya mu mushi, abapingile imfwa nabo balaya ku citengelwa.

Umwanakashi afika mumushi. Balaposhanya no mulume bwino bwino. Na babiye baisa, balaposhanya. Ne mipembu yamoneka bwino bwino.

Ubushiku cilya bwakosa, na kolamfifi kaleka ukulila, umwanakashi amulopola umwana umwaume umusuma nganshi wishi fye sutu. Bana-cimbusa batemwa nganshi, balacankwa fye. Mu ng'anda mwaba ne nsama; na bakwindi mu mutenge batemenwa kumo, pantu imbuto kuti baleifokotwelapo fye no wakuloleshako iyoo. Wishi kwa mwana nao ishina lyakwe Citi, asansamuka sana pantu e kubeleka. Tunasenge kwa mwana, na tunakulu, awe cawama nganshi. Ubo bushiku kuti wayabalomba umuseke wa mbalala, bakupela, bakubikila na shimbi mu mfunga.

Ubo bushiku bwine, kwisano nako kwamoneka insansa.Imfumu nayo yabeleka umwana umwanume. Yakwete abasano amakumi-yabili na batatu. Bonse tabafyele; mu bushiku bwa leloline emo mwinga abelekela imfumu Kamwanangwa. Mukwai calungo mucele mu nama. Insansa kwa aba Citi no mukashi, na shimbi kwisano. Imfumu yatemwa nganshi pakuikwatila umwana wa mwifumo lyaiko. Kwisano imfumu yakwetekofye akaice kamo, ishina lyakako baletila Lesa.

Imfumu yakatemenwe icibi pantu kalitekenye kabili kalicincile; e kalesandelako imfumu icinkuli. Kabili ponse apali mfumu, tayalekasha. Aka kamwna ka Lesa ni kakashiwa abafyashi bakako, ba Mukulu bafwile fye kale pamo na bakashi bene ba Na-mukulu; eco imfumu yasendeele aka ka Lesa ukuti kalekulila kwisano.

***

Mwana ba Citi alakula fye bwino-bwino, Mwanangwa nao kwisano alakula fye bwino-bwino nabafyashi batemenwe cibi. Mwana ba Citi asuka afika na pa cimo ca bukalume, lelo bamona umwana ukulanda nalakya. Ici e calabasakamika, lelo ukumutemwa kwalicililemo, tabalemwebaula iyoo. Lelo abaice banankwe bena e bashali bwino, pantu namwishiba nemwe, tukatumbu limbi twalemuseka atuti we cicibulu we. Lelo uyu mwana nangu ali ni cibulu, takwete misango ilya yafula kuli bacibulu. Takwete cipyu, takwete lubuli, nangu ababiye bamuseke shani, kuti ataleleko fye. Ali fye umwana umusuma sana nangu ubusuma bwine nabo pambi e bwalelenga ababiye bamwingilile. Pantu nalimo akwata icipyu no lubuli ulwakuti uwamuseka amututamo icifunshi, ababiye lyena nga balemutiina.

Bushiku bumo ninshi abakalamba nabasalanganina mu mpanga, mumushi mushele fye abaice baleyangala, na Cibuilu wine epo ali. Abaice baikata inkoko ya bene baipaya, bayasesela namasako yaiko ku mputa, baoca balya no kulya. Elyo kamo akati: ''‘iyee bane, ifi twacita, abene bankoko baleisatupuma nganshi, bushe tuleisatila shaani?’ Elyo utwaice twaumfwana atuti iyoo twise tutile ni Cibulu e wipeye. Tonse twasuminishanya atuti eya mwandi ico cena calungama, pantu Cibulu wena aleisaflwa ukukana.

Kuti nakabushe icungulo lilya umwine wa nkoko atampa ukufwaya ukwile nkoko, alalapisha no kulapisha. Abaice abati iyoo mukwai uwacipaya inkoko ni cibulu, aoca atupelako ne fipapiko twalya. Umwine wankoko e pa kuya kuli ba Citi, ba wishi kwa Cibulu, alabapinda. Bafutilapo inkoko shibili, mukolwe ne nkota imo. Awe abaice bamona catalala fye bwino-bwino.

Munyela pebwe tabula kubwekeshapo. Papita fye inshiku shinono, abana balya nomba cabatwala ku mbushi. Pa kucema imbushi icisholi cabekata, bafutulapo imo baipaya; balaoca baleelya, ne filebansha ukukolokota balefifwinta pa mumana fileya no mukuku. Bailemena, batemwa nganshi, no tufumo twatosoka. Elyo kamo akati: 'Bushe bane tuleyatila shaani ku bene ba mbushi?' Utubiye atuti: icishafishe na kwafya nobe, ngo kuyatila fye ni Cibulu ninshi ifwe twapusuka capwa.

Cine-cine umwine wa mbushi ku mushi kulya, ailepanga icongo sana kuli ba Citi na ba nyina kwa Cibulu. Basuka bafutilano sawe umutuntulu na nambushipo. Ico catalala. Lelo umwana wabo tabamupatile iyoo nga nakabushe umwana kuti wamupata shaani, kabili umwana kasembe: kuti kakukoma wabwela wakobeka; e ficita abafyashi benebene.

***

Mu Kabengele kuti imfula nga yatibula bushiku bonse imimanna kuti nga yaposa, mukwai na malalo kuntu yaya tekwakwishila. Petenga kuti paleshunda no tutondo. Amatete yonse yalibundwa, ne nsenshi shalibutukila ku mulundu ukukankamwikeko. Abana ba mumushi bena e pa kusaminwa kwifwe ico balemona umumana upabwike busaka-busaka mu menso yabo. Baleti nga batendwa ukucema imbushi, bashileka shaya shilelya ifisabo fyabene, bena ninshi balesotole imibinda balewila pefwe baleowa.

Awe bushikui bumo, cilya akasuba kasenduluka, batamapo no mulongo abati natuleya ku kowa bane. Ninshi pa mulongo pali no mwana wa mfumu wine. Baisapita baletintanya na Cibulu pa kuboko abati: twende ku kowa nobe ifyo watemwa ukuikungumanika. Batintanya Cibulu, bamusenda ku mulonga. Kuti fye kutalikutali bakatumbu nabasotola ne mibinda baleiposa na pefwe. Cibulu wena eminine fye ku mulundu, balamweba abati uwabingo kowa teminina wila na iwe mune Cibulu. Nakalya. Abaice balaowa, balecita ne congo amantumbwi! Coso! Inshiki! Intambaila! Awe na pa mumana pakaba na see. Cibulu wena aletambakofye.

Pefwe palya, bakalume batampa ukucena bubibubi, balaibishanya. Ukwabula no kupishe nshita, umwana wa mfumu anwena! Bamumona atumpaukila fye imiku ibili, no mukuku wamusenda mu kwangufyanya. Ababiye babutuka na pa mumana bacenjemana fye ku mulundu, batuntumanika no tutako mu tusana, batumbula no tumenso mu tutwe, ninshi no twamfwalo tuletona amenshi.

Kamo akati: 'Iyee bane iici cintu ifyo cayafya, bushe tuleyatila shaani ku mfumu?'

Kambi akati: 'Bane tuyetutile fye ni ng'wena e imwikete.'

Kambi akati: 'Tabayebasumine; muli uno mumana tamwaba ng'wena.'

Kambi akati:Kanshi tuyetila ni mfubu imwikete.'

Tumbi twakana atuti: 'Ngefyo ne mfubu nayo takwaba kuno.'

Nomba tonse twatendeka ukuyombawila fye cili ku bamusunkile ku mukuku, ine tene ine tene'. Elyo kabili twapingushanya atuti tuyetila fye ni Cibulu eo bacilacena nankwe pa mumana, e umusunkile ku mukuku. Ico cena bonse bamona calungama. Awe bafundana, batamapo no mulongo balaya ku mushi.

Pa nshila umo aibukisha ati: 'Bane, imfumu ileyatulengulula, moneni bane Cibulu towele na kowa, ali fye no lukungu pa mubili!' Elyo bati batontonkanye cinono, bamona kwifwe kwalepa ukwakuti bayemutamaukisha amenshi pa mubili. Baikata Cibulu bamupama panshi, balamusundawila ne misu pa mubili mpanga yonse. Elyo bamuleka abati enda.

Imfumu yati ishiyaumfwa! Yaima napa cipuna. Utwana twalaisalambwila fye: ni Cibulu, ni Cibulu! Imfumu kuti ilefilwa nokulanda bwino pakutila kekateni nyina na wishi no lupwa lwakwa Cibulu lonse.

Abeena-musumba bamo baya ku mulonga ku kufwaya icitumbi cakwa Mwnangwa, bambi ku kutintanya ba Citi na bakashi,no lupwa lwabo lonse. Kwisano, na mu mushi onse mwaba ubulanda bwa misango ibili : abalelosha Mwanangwa, na baleililila ukushama. Nomba ico imfumu umutima walepwilila ku bukali, yafilwa ukupingula umulandu aiti nkapingula mailo ulucelo.

***

Ubucelo, kuti fye mu kwangufyanya, kabili mu cipyu, yapingula no mulandu aiti, 'Cibulu kumo kwine no lupwa lwakwe lonse bali no kufwa. Kabili mo kwipaiwa umo umo, ifyofine mpaka bakalobe. Leloline uwakwipaiwa ni cibinda Cibulu. Ubushiku bumbi ni nyina, bumbi ni Citi, elyo na bambi bakalekonkapo. Batwaleni mu cifungo emo balelolela imfwa yabo.'

Kwisano kwali umuntu umo nkoma-matwi eo ne mfumu yatemwishishe ukutuma ku fikalabene pantu alicincile nangu ashaletesha. Ne fintu ifingi ifyamalila eo yalepeela ukucila pali bambi. Uyu wine Nkoma-matwi eo yatumine na ku kwipaya Cibulu, yabikapo no muntu umbi umutuntulu, ishina lyakwe ni Kampinda.

Aba bantu babili, Nkoma-matwi no muntumuntulu Kampinda, basenda Cibulu ku mpanga ku kuyamwipaya. Bafika pa ncende intu basontele ukwipailapo Cibulu. Batala bamukaka amolu na maboko, elyo bamukaka na akalusempe ka cibundu pa menso pakuti emonako uko isembe lilemufika pa mukoshi.

Pa nshita ilyaine bacili baletabataba, akoni kafuma na mu fimuti kaisaikala pa musanse ngefi. Ako koni kasosa akati : 'Mwiipaya uyu mwana, takwete mulandu! Uuleipaya uyu mwana aleshala ne shapakubeya!'

Kampinda wena ico wamatwi, aumfwa lelo nkoma-matwi ico wena nakale tomfwa taumfwile mashiwi ya koni. Kampinda atalukako no kutaluka ati eyaa, awe kanshi ine tata nshaipayeko, uyu wine kaepaye eka ashale ne sha pa kubeya nao akatale akashameko imfumu yamutemwa muno. Kampinda umutuntulu asempukako no kusempuka aiminina na filya. Nkoma-matwi aleka na kwisembe, aipaya ulya mwana, patalala.

Apopene umutuntulu Kampinda aumfwa umutima wakunda, na mu matwi mwatendeka no kupooma. Akoni nako kasokoloka, aumfwa kasosa akati : 'We waipaya umwana ni we, te Nkoma-matwi iyoo. Imwe mutila Nkoma-matwi e ushumfwa, mona nobe wine kanshi taumfwa. Nomba wikatishe fye, apo taumfwa, kanshi ukutampa leloline wakulaumfwa. Nomba wikatishe fye, ifyo wakulatesha fyonse fyobe weka. Ninkweba nati lekeni umwana, iwe we utesha no kuti webeko Nkoma-matwi ku minwe, aumulesha nakalya. Ifyo wakulatesha wilashimikilako bantu nangu umo, ilyo ukesha ukusosa ninshi emfwa yobe apopene.' Cilya Kampinda ati emye akanwa epushi akoni bwino-bwino, kaima, kapupuka, kalubila na mumiti mu mutengo.

Pa kashita akokene, umuntu umuntutulu, atendeka ukumfwa fyonse ifyo utuni tonse tulelanda mu mpanga, atampa ukumfwa ifyo inama no tunama tonse tulelanda, utushishi no tupaso tonse alatesha ilyashi lyatuko. Amatwi yakwe yacilukuka akupuluka.

Mu nshila pa kubwelela ku mushi, aumfwa akapaso mu mbali ya nshila kaleyeba akabiye akati : 'Iwe cine-cine tawakwata mano yeneyene : bushe cinshi utila nga wamona natolokela uku nobe wacampukila kumbi ? Amano yobe yaba fye kwati mano ya fibantu ku kutumpa !'

Akabiye akati : 'Awe mwandi cine-cine iwe walinsuula sana bati, pa kuninganya amano ku tumano twa fibantu fya pano calo! Bushe cine-cine ifibantu fyatumpisha filya efyo wingalaningako ine !'

Akanankwe akati: 'Efyo watumpa filyafine, nge fibantu, na nombaline fimo iifi filepita mu nshila fibili ifi!'

Umuntu pa kumfwa ifi, apapa sana. Nomba apapila fye mu mutima.

Bafika mu mushi, bayasamba na mu muti, elyo bayatoota na kwisano abati : 'Twalinganya filya mutwebele mukwai.' Elyo Kampinda aya pa mwakwe, aikala pa lukungu alatuusha. Amone nkoko shili mwisamba lya butala nashilala ico mwifumfunto namutalala bwino-bwino. Umwaice umo aisapita mupepi no butala. Mukolwe amusonta, ati : 'E uyu mwana aikete cisafwa wandi amunyonga no mukoshi, amwipaya, amutwala na ku banankwe, balamoca, bamulya no kumulya.'

Inkota imo aiti : 'Kabili aba bana ba muno mushi ni nkakashi sana, kabili balufyengo. Nga ni uyu wine mwana alepita, mubi nganshi, te pa kapumpu.'

Kokoliko apo ekele ati : 'Bushe mwa !' Ine namwene shikulu wesu uwatuteka Citi aisatwikata no mukashi wandi atutwala ku mwenu ati naleta amafuto, ifwe twaleti ni mwane e waipeye cisafwa kanshi teo?!'

Mukolwe ati: 'Awe ni ulya mwana ulya e wacitile ninshi tulemonako namenso.'

Kokoliko ati: 'Kanshi ine nkabwelelamo ku mwesu.'

Ishibiye shimbi ashiti: 'Ukaicusha fye, bakakubwesesha kunokwine; bushe abantu nabo balikwata amano yene-yene. Iwe kuti upelele wikale fye kunokwine. Ngefyo nga ukafyuke imiku ibili bakakwikata fye bakakulye!'

Umuntu apo ekele, aumfwa fyaingila na mu matwi, no mwenso wamwikata. Nomba teti asose nangu kamo ku bantu. Asuka umwina-mwakwe Namukonda aisa, balalanda fye fimbi ifyabuntu.

Chapter 2

Ulucelo imfumu kabili yasonta Nkoma-matwi na Kampinda wine aiti: 'Bane lelo sendeni nyina kwa Cibulu nao muyemulinganya filyafine bane mwacitile mailo.' Kampinda apakukamina pabula. Ifyakusosa pa kukana fyayafya. Kabili camupela no mwenso, pantu aletontonkanya ati lelo lyena icilemfikila cilendya fye. Ukwima kwena aima ukwabula ukuti atemwe.

Bayafika pa ncende iyasontelwe, Nkoma-matwi atampa no kukaka nyina kwa Cibulu. Ninshi Kampinda aletontonkanya umwakuti apusushishe uyu mwanakashi, kabili ukumupususha ukwabula ukuileteIela ku mfumu. Nomba inshita nayo yacepa, tekuti umone kutontonkanya bwino no wesembe napambula. Kuti fye cilyacine Nkoma-matwi ati nomba kankome, Kampinda amusakatila fye pa mubili.' Alamulesha no kumulesha ku fishibilo ku maboko. Nkoma-matwi aiminina fye ne sembe mu minwe. Asakamana no kusakamana, wena mu mutima ati nalimo nati ndufyanye ifisosele mfumu. Wena ati nalimo imfumu taisosele kwipaya mwanakashi eici uyu andesha pantu wena mutuntulu alatesha.

Nyina kwa Cibulu bamubwesesha ku mushi umutuntulu. Imfumu yayapapa sana, yafulwa no kufulwa pa kumona babwesha uwamisoka umutuntulu.

'Cinshi mwabwesesha uyu mwanakashi umutuntulu?'

Kampinda ati: 'Kanabesa ine nindoota ku tulo lelo ukuti aba bantu balingile fye ukubateka ubusha, balebombele mfumu. Mona we mfumu nga twabepaya tawakalilepo nangu kamo pa mwana obe. Eico mukwai twati katuyeipusha mfumu nga icili ilefwaya kubepaya fye.'

Imfumu yatontonkanya. Elyo aiti: 'Cine-cine mwandi iico wasosa Kampinda calungama. Aba bantu natulekefye babe abasha. Bakulabombe milimo iyakosa mpaka ne mfwa shabo. Nomba kwena umo nga alwala aleka ukubombe milimo wena ninshi kumwipaya. Kabili bakulaikala mu cifungo pe, emo bakulafuma pa kuya ku milimo.'

Ba nyina kwa Cibulu baya na filya batota, bayaula na kapundu. Elyo imfumu yatuma abakuyafumya bambi mu cifungo pakuti ise ibebe ifyo caba. Baisatoota no tulefulefu tulekumya panshi. Elyo babasenda bonse kabili bayabengisha mu cifungo.

Chapter 3

Bushiku bumo Kampinda alefuma ku kwimbo lushishi kuli kafisha. Apita apo abaice baleceme mbushi. Abaice ninshi nabasalangana bali mu mutengo baleswa amapangwa, bambi bali ku mumana baleteya ubulimbo balelya ne mfinsa. Amone mbushi shili fye sheka nashilala mwisamba lya mwengele. Umuntu aumfwa sawe aleyeba inkota ati: 'Imeni bonse tufyuke tuyelya imimena mu mputa.'

Inkota imo aiti: 'Awe nobe leka tutuushe akasuba kabalikisha muno!'

Sawe ati: 'Iyoo, ine insala yatendeka ukukalipa.'

Inkota aiti: 'Bukula tumo uto wali ulile kale ulesheta; nga walatensha akanwa iletuubilishako: insala tailya watensha kanwa.'

Sawe akana ati: 'Nga natendeka ukubukula muno kasuba, ubushiku ndeisabukula nshi? Imenifye twendeni ku mimena.'

Inkota aiti: 'Awe natuleke imimena itale ibe, tukapitilapo mailo ulucelo pa kwisa kuno.'

Imbushi imbi aiti: 'Yangu aba bamayo bena amano ubuce kwati muntu. Bushe kuti waishiba shaani abene mimena nalimo bakafumyapo bakayeanika pambi apo tushishibe.'

Inkota aiti: 'Te mulandu, tukasuka tukalyeko nangu amashi abene nga balongo bwalwa.'

Sawe ati: 'Cine-cine iwe kanshi eco balekwebela ukuti amano yobe yapala amano ya Mwenda-mushiki. Bushe pakuti bakalonge ubwalwa ni lino, ninshi ulelolela fye, ukufwile wafwa. Taumwene aba bakalume ifyo bolungeene shino nshiku. Umunensu ulya bashangile fye pa mukoshi kuli ulya mwana acitile ulukobo ngo luso ku mulu wa mufinsa, balemoca tulemonako na menso finofine kapakapa!'

Inkota aiti: 'Wanjibukisha icabulanda nganshi, ulya mwana ni nkakashi sana, takwata na luse. Te ulya wine ali na ku mufinsa ulya!'

Imbushi imbi iilume ne ikota shaiminina, ashiti: 'Yangu, ifwe twamwene shikulwifwe Citi atuleta kuno, twaleti ni mwane e wipeye umunensu, kanshi ni ulya mwana ali ku mufinsa ulya! Kanshi cali shaanii pakuti bafutilemo ifwe?!'

Sawe ati: 'Natuleke no kucilandapo cabipisha muno. Bushe imwe muleipusha ifyyo cali, kwati tamwaishiba ubuce bwa mano ya bantu.! Ine nomba kanjime no kwima njendye ifimimena fyabo. Ubwalwa bwine ifibantu fitila nga fyanwa lyena fyaba fye cibebebe.'

Ishibiye ashiti: 'Iyoo cine-cine kanshi na ku mimena kwine natwime fye bonse tuyelya, abene mimena bayepapa sana.'

Umuntu aibukisha nefyo akoni kamwebele, ulya mwana cine-cine kanshi takwete mulandu.Umunensu Citi lilya afutile nkoko, kabili umuku umbi afutile mbushi, kanshi na pa kwipaya mwane cine-cine ni mu kuluba, na Mwanangwa wine ni nkakashi sha bana balya ku miti e bamusunkile ku mukuku. Umuntu calamucusha sana mu mutima; kabili na pa kusanga bambi bacilli mu cifungo ne fyakuti engacita pakuti abalubule mu cifungo nafyo tepa kwafya, pantu imfumu nayo ilingi yali iyauma mu kanwa. Kabili cimbi naco cakuti nangu wena aishiba fyonse ifi, fili fye no kutakamina umutima ukwabula ukusosa nangu cimo, e kulingana nefyo akoni kamukonkemeshe. Cabulanda!

***

Ulwa pa mwela lwaisa, lwaisa no kukomene fitemene. Awe bushiku bumo Kampinda aya ku kukomena. Amone miti iisuma iyalingile ukucita icitemene. Anina ku muti, atampa no kutema umusambo. Umusambo cillya waya ku kuwa, uumfwa walila umusowa wa mfwa, auti: 'Nafwa ne mulanda ee, ne wabula no mulandu, kabili uno mwaka nalefwaya no kutwale mfungo shakuti nkaleponesha abantu bakapusuke ku nsala, uno mwaka imfula tayakaloke kukapone nsala iikalamba, we muntu wanjipaya tawakwata luse!

Umuntu camuletelo mwenso, aleka no kuleka, aika, alabwelela naku mushi.

Uyo mwaka no kutema tatemene. Atendeka fye ukuya mu kushita ifyakulya ku calo cimbi, aleisa mu kututila. Abantu batwalanafye no kutema. Umukashi wakwe Namukonda asuka alayebaulo mulume, ati: 'Yangu ee, epo cabela no bunang'ani, bushe imwe mwikalile fye ukupula, abanenu baletema, bushe utwa mukupula e tukesatufisha kwi?'

Umulume ati: 'Iyoo mukashi wandi, ine uno mwaka nshikwete fye maka yakutema.'

Umukashi ati: 'Awe mba kuti muletemako panono-panono, kabili batila shimucita panini, lelo imwe utwakupula fye twekatweka, awe taciweme.'

Wiba ati: 'Iyoo mukashi wandi wisakamana, tukesa mu kulya utotwine utwa mu kupula tatwakesefwa: insala tailya watensha kanwa.'

Abantu mu mushi batema, batema mwe, wena nakalya, umutima ku kupula no kusenda tumo uto akwete aleya mu kushita ku mishi imbi iyakutali. Mumushi kuti nangu baletumya, baisamulalika abati mukayetwafwako ukuteme miti, aleshalesha.

Chapter 4

Ba nyina kwa Cibulu, na ba wishi kwa Cibulu ba Citi nolupwa lwabo lonse mu cifungo, baleti fye nga bwaca babakuwisha kuli Nkoma-matwi ukubatwala ku fisako fya kwisano ukwabula no kwikula. Pa kubwela napo ni ku mweshi, ne cilaka, ne nsala, no kunaka. Nga babwela baisabengisha mu cifungo, e pa kubakumbilako umusunga wa nkwilu, e mwikulo kabili e mulalilo uyo wine epela. Te pansala. Kano fye ubushiku bashukile bakalume kwisano baikuta bafilwo bwali ebo ka Lesa, kalya kakashiwa ka kwisano kayabaposela ifimbala mu nsolokoto sha ku cifungo, ninshi e bushiku pa mutima pengatikamako.

Kabili Nkoma-matwi wine babapele uwakubangalila kuti nga nipa fisako, icilaka cabekata, balamupapata abapele ulusa lwakuti umo aye atapeko amenshi mu lukunku bese banshe pa ndimi, cinkoma-matwi ico taciletesha caseka fye aciti ni nseko balewamya fye.

Chapter 5

Ulya muntu Kampinda mu kupula kwakwe, ukubikapo ne fyakushita asukile aisusha amatala yatafu ne nkoloso shibili. Lelo nalyoline talekele kuya ku fyalo fimbi ku kufwaye fyakulya fyakuteye nsala.

Mu mishi yapepipepi basuka bamutendwa. Limbi ailefika ukutali sana ukwakulale ndo shitatu mu nshila. Apwile umulungu uutuntulu pakuti alondoke. Ilyo abwelele, aisa nanaka nganshi ku cilaka, ne nsala, no kwenda kwakufinwa. Afika pa mwakwe amona fye mipindo. Mu mutima ati kanshi umukashi ele kwi ? Ninshi umukashi ali ku kati ka mushi aletwe bumba. Kampinda aisula mu ng'anda, kuti no mulilo naushima peshiko. Ateulo lukombo, atapula amenshi anwa, elyo aikala pa kapuna alatuusha. Ati emye amenso, amono tusenseng'anda lwa mu mutenge tuleseka. Kamo akati : 'Cabwela lelo ici cimuntu camuno, ukutumpa, ukuba cena citila nalyupa, ata, ukuupa kumo te pamo no bushimbe, no bushimbe bwacindama. Uyu mwanakashi wa muli ino ng'anda cinangwa fye ku bucende. Atila fye umuntu wine uyu nga afumapo, imfumu yapyana.'

Kambi akati : 'Nico mune mailo tawalipo, nga wasekele sana uyu mayo wa muno ifyo balefulamyanga ne mfumu. Bucele fye lelo.'

Akabiye akati : 'Bushe kanshi elilya walenjita, ala ine natalalile mu nongo ya tukokotolo, twanunkile sana nato eco nakanine no kukwasuka nati epali aisampusula.'

Akanankwe akati : 'Wafumwike fye nobe. Nalefwaya fye ukuti wise usekeko. Cabulanda sana mwandi ku muntu uyu. Nga nio alati fye ashituusha aye na kwisano aye atoote, kanshi aletotela fye umupupu wakwe, awe ukubo muntu mwandi cintu cabipa nganshi!'

Umuntu apo ekele pa kapuna ati omfwe aya mashiwi, umutima watendeka no kusabuke nsanse. Aleti aesha ukufwayo umusango wakuti ashipikishishemo icamusango uyu, awe cakana sana. Kutala aelenganya ati nalimo ni ku tulo ndelota fye nga nashibuka ndesanga ukuti ciloto cafye. Akunto mutwe eshe ukushibuka, awe naco cakana: niku butuntulu fye. Amona utusenseng'anda twapwe lyashi lya kumwalika, twatolokela na mu mutenge twaluba.

***

Asuko mukashi abwela uko ele ku kutwe bumba, wena ninshi atontonkanya fye. Umwanakashi alasengelo mulume: 'Yangu tata Shi-mukonda wandi, kuku tata, inshita waile mulume wandi! Awe tata cawama muno ng'anda mukabeko. Apo waila kuti nga bwaila muno ng'anda mutalele fye tondolo, kuti utusenseng'anda fye tweka etulekufufyo tulo bushiku bonse.'

Umuntu icakwasuka cabula, ati atukane, ashipikisha.

Umukashi ati: 'Ni shaani tata wandi shiwishile nulwala?'

Kampinda mu mutima ati: 'Uleti no kuti 'ni shaani footo, shiwishile nulwala footo, swaini.'

Umukashi ati: 'Ala naciba fye kukati kamushi ndetwe bumba lyakubumba kamfufwe. Awe tata wandi insala yakwipaya, kanyendeshe nkutekelepo ubwali. Ala na ine wine napene nkonkeko bulya bushiku nico fye nabukile umusana ulekalipa.'

Umuntu aikala fye shilili. Afumina panse ku kulolesha kumbi pakuti umutima utalaleko. Ati nga naikala muno ndemulolesha uyu mwanakashi umutima ulelepuka nsuke nsose.

Umwanakashi atalamana na ku kunayo bwali. Apwisha abikapo na akanyampuku. Apungula na cibwabwa akanweno paa. Elyo afumina panse ku kwito mulume. Asanga panse umulume talipo. 'Mwe bantu kanshi apapene abeena-mwandi balola kwi?'

Umwaice umo pa lubansa ati: 'Nabamona baisabeta ku bwalwa kukati ka mushi.'

Umwanakashi: 'Iyee mwe bantu, tekutala balyapo akabwali umutima washikakatalako, lelo amuti ubwalwa kuti wabuposa mu nsala bwakupanya!'

Aingila mu ng'anda ku kukupikilo bwali bwitalala. Ateke cipe panshi, akupikapo ne nongo. Elyo atontontonkanya ati kantale nje kwifwe ntapile amenshi kabela tabulaila.

Kampinda kulya ku bwalwa kwayawama sana: ilyashi,ne nyimbo, ne misa, fyamutubilisho mutima, atendeka no kulandako no kusekako tumotumo. Ubwalwa nabo mwandi, epo limo-limo bwawamina.

Umukashi wakwe nao ilyo aishile ku bwalwa, no kuti ese apuminine pakutila twendeni muyelyo bwali iyoo, ati kabatale banwepo twalaya. Bwasuka bwaila, no bwalwa bwatendeka ukupwa elyo balaya naku ng'anda.

Cilya bacingako fye ciibi, Namukonda ati: 'Shilyeni ubwali tabutalele, nali nasha nakupikila.'

Kampinda ati: 'Teti ndekowela ku tutema tuntu washala ulebuuka nato pe lintu naya ku kufwaye filyo!'

Umwanakashi ati: 'Mwati shaani ba Shimukonda! Mwakolwa nampo?'

Umwaume ati: 'Nshikolelwe, ndi mutuntulu, nefyo ndelanda fyacine-cine. Bushe iwe utila ine ndi cipumbu mwa?"

Umwanakashi: 'Ukuba efyo bacilamulyongawila ku bwalwa? Nine mwacikalila ukutekesha mu bwalwa! Ala bacilamubepa fye. Bushe ine ne muntu umusango untu nshakula nao kuti naisautolela muno bukalamba! Twaikala nenu imyaka, bushe mwatala amunjikatapo ndecite fyamusango uyo? Abantu ba muno mushi ine balimpata, balembepesha fye.'

Umwaume ati: 'Naufishiba leke congo, na baume kuti nabalumbula.'

Umwanakashi ati: 'Awe nakuba bufi, balumbuleni fye mulumbule no umwebele pakuti njemwite ese anshinine.'

Umwaume ati: ' Iwe sumina fye, uilumbwile na baleisa mu kusendama muno mwandi, lyena ndekubelelako no luse pantu lyena kuti nati wafume cumi.'

Umwanakashi ati: 'Ukayapya iwe pa mutunganya obe.Ine munda amulaingilwa nga kuti walengelamo wamona ukuti uleicusha fye fyonse ifyo ulelanda. Ukayapya iwe cine-cine.'

Umulume at: 'Uyu mwanakashi aleti no kuti ukayapya; kanshi cine-cine na shetani wine pa kunasha abantu afumye mboni mu cipingo! We mwanakashi iwe, we ukayapya ni-we, we ulekana ifyo ucita. Awe cine-cine abanakashi ni nkakashi mwe ! Iwe ni-we wacila na muli bonse.'

Umukashi ati : 'Icakutunganya fye, kabili ninsonsa nati lumbula abakwebele ulebafisa. Uleti ine ndi cipuba, bushe mu bwalwa mulya ine nshacilamona abo mwacilalanda nabo. Ala kuti fye nga matala yobe balelyongalyongako ico bamwene filyo fyobe fyafula, bandowa fye bandya, mwashala mwaupana, mwashala mulesheta amatala yenu.'

Kampinda ati : ' Umfwa we mwanakashi, wipena. Kabili fyonse ifi ulelanda uleisebanya fye pa menso yandi. We canakashi we kanshi uli nkakashi,niwe walengele nokuti umwana wesu Mukonda afwe ukwabulo kulwala, walimukoweseshe we cicende we.'

Na-mukonda ati : 'Awe kanshi ine kanje ku ng'anda ya bwalya njembatuke bandowe nkonke umwana wandi bafula muno ubufi.'

Umwanakashi wakantu atampa no kuponye filamba. Aima aikata na ku ciibi. Umwaume amwikata aati ikala wiya mu kucusha ababene we ciwa we. Umwanakashi te wakutontwela. Alompokela na panse alebilikisha ne nsele. Umwaume asuka amubasamo ulupi. Umwanakashi lyena apundisha no kupundisha ne nselemo. Abantu mu matwi mwaisula fye amashiwi ayashabatishiiwa yekayeka, ayalefuma mu kanwa ka uyu mwanakashi. Abantu batendeka no kulongana. Kampinda amano yafulungana, amwikata amulangaulamo amapi, amutoba na panshi, impumi yalepuka no kulepuka. Na-mukonda kwisaima ukuya kwisano, no mulopa wile uletona.

Eko bwailemucela. Nefyo batotoshenye ne mfumu tefya kwiishiba. Kampinda nao umo ashele mu mwakwe eka, talele bwangu ku tusenseng'anda ne mpemfu, shasekele bushiku bonse. Kuti lumo nga lwawamya aluti: 'Awe lelo lyena bashitila uyu mayo wa muno ni nkakashi.'

Ulubiye aluti: 'Ee, nomba efyo twakulamucita na imwebene bamo tamutesha kuti nawinamina mu nkokotolo ulekana no kwitaba nga bakwita.'

Lumbi aluti: 'Ine nalakonka na kwisano kwine njetesha ifyo balebepana no mucende wakwe!'

***

Ulucelo Kapaso afika, ku kwita Kampinda kwisano ku milandu.

Na-Mukonda ayatendeka no mulandu apitamo, aposa na filya. Elyo baipusha Kampinda abati: 'Nga kanshi iwe pa kupumaulo muntu umusango uyu bushe walishininkisha, atemwa bakushimikile fye muno mushi?

Kampinda at: 'Takuli wanshimikile. Naslishiba fye ne mwine ukuti ici canakashi taceenda bwino nga nafumapo.'

Imfumu aiti: 'Umulandu ukwate mboni. Bushe kuti waikata fye umwanakashi walamulangaula panshi wamulepula ne mpumi ukwabula kuti umfwepo nangu kamo. Iwe sosa fye, kabili Icibemba calisosa kale aciti 'mano uli weka tayashingaule koshi.'

Abeena musumba abati: 'Weweta mulopwe!'

Elyo infumu yakonkeshapo aiti: 'Kabili Icibemba citila amenso ya mukundillwa yengi', iwe sosa fye uwakwebele, uleke umulandu utunguluke. Imboni yobe ilumbule nabo yamona abashala balekusuma ku matwi, tubeshibe, tubapeele no mulandu mu kwangufyanya.

Umuntu ati: 'Tekuti ndecula na fyonse ifyo. Ine ninjishiba fye ukuti uyu umukashi wandi Na-mukonda te mwanakashi wine-wine. Kabili na panopene bubi bwekabweka ngefyo umuntu onse afwaya ukutwalo mulandu ku kanwa kalungamene ne myona.'

Cilolo umo ati: 'Yabwe uyu muntu bane ifyo alalanda pa mfumu. We muntu we wakolelwe fye ifibwalwa waisa mukupumo mwanakashi uwabulo mulandu ngefyo epapo cakwansha nokulubulula.'

Imfumu aiti: 'Fwayeni amembya mumukape kanshi alitumpa, ekesatutoosha mupamba umulwani uyu.'

Awe baikato muntu balamulopaule fikoti. Bamuume fingi sana. Elyo bamupela no mukashi abati senda umulwani mubiyo, nomba wilanwesha bwalwa.

Ubo bushiku, utusenseng'anda ilyo twakumanine mu nongo ya nkokotolo, twasekele cibi ubuce bwamano ya benda-mushiki.

Chapter 6

Ubushiku bushilile kantu, ulya musano imfumu yabelekemo uwali umuntu wa bene Mwanangwa alwalila ku tulo. Uyo mayo kutendeko ukuluka mutapi, no moona ukutampa ukupompa, kabili noo mutwe ukulakalipa nganshi.

Baeshako imiti baesha imiti, nakalya. Lilya akasuba kasenduluka na bantu batampa ukulabwela ku milimo, umulwele alasamba fye ati njikateni. Awe cayafya nganshi na kwisano kwasakamana sana, no kufina kwafina, abantu bakunkuntiko mushi onse ukuya kwisano ku kushindika umusano nga filyafine ciba pe. Akayanda kaisula, na bambi panse mukati ke linga, pantu imfumu yalikene kufumisho mulwele kunse ya mushi uko bonse baya mu kulekelo mweo.

Abantu kuti batukute miti batukuta, awe no kuti iye nsanso kubungama nakalya. Ka kalume wa kwisano ka Lesa kuti bakatuma ku ng'anga ii, yaisaeshako, baisakatuma ku ng'anda imbi, nakalya. Umuntu asuka alashikila. Na kwilinga kwaba na toondolo. Mukati ka ng'anda bonse tondolo, no mushi onse swii. Kuti no mwana uwati alile nyina amufubatike bele mu kanwa. Mu mulwele abantu bonse baikala fye tondolo, balalolela fye cifike uwakutulo musowa, atendeke. Kuti no wakushoshota ulukasa eyesha!

Mu camusango uyu banatu balakwato luse, tabebukisha nakufintu abanabo bababifya kale. Kampinda ulya baumine amembya nao ninshi emo ali mukati ka ng'anda, ekele filya tondolo, napunamina na mu mutenge alemona isonta na matete ifyo abakangele bakakengele ubusaka. Amona tukwindi tubili twafuma mu mumpempa. Twakonka mu lulamba taisaikata ulushishi ulo bakulikile mu mutenge. Twasulululukila ku lushishi twaisaingila mu cifunda icaleselela pa mulu wa lwino, nomba pa lwino balifumishepo icisani. Mu cifunda mulya aumfwa kwindi umo alayebo mubiye ati: 'Ifishimu ifi mune tulye fyonse twishamo nangu kamo uleke umwine fishimu akesepapa sana!'

Kwindi munankwe ati: 'Iyoo mune, utu tuntu twanunkila muno, tushemo, twakulaisa mu kulyamo fye pe.'

Umubiye ati: 'Uubika mune abikila abengi.' Kabili nkalyamailo nao apile numa. Bushe wishibe shani pambi abene kuti baseshapo. Mune leka fye leloline tuileke nka na mafumo yapele noko.'

Kwindi munankwe aseka, ati: 'Nkalyamaiko kuti apye numa yeka, nomba iwe we ulefwayo kulya fyonse leloline iwe ulepya umubili onse. Pantu nga twapwishe fishimu fyonse mu cifunda cino, tuleikuta sana ubwakuti amafumo yatwanshe ukufwembela ulushishi pa kuya mu mutenge, tulepona tuponene mu nunda tupye cibipe sana!'

Apo pene Kampinda apona na mu luseko, aseka uluseko ulukalamba sana kabili ulutali.Abantu bonse mu mulwele bapilibukila ukwali, balamulolesha. Ne mfumu caiponya na pa musao.Imfumu yasuka yalanda aiti : 'Muno tuli ni mu bulanda ubukalamba sana, umunensu alatufyuka nombaline afwe, emo uyu muntu apongomona uluseko lwa musango uyu ! Bushe kanshi ifi tulecula wena nacimuwamina?!

Abantu : 'Na endi we muntu, waseka nshi ?'

Kampinda alapukapuka fye. Tekuti asose, ninshi ni mfwa yakwe.

Imfumu yateka no mutima pa kusosa aiti: 'We muntu we, ukuba iwe utila lilya twakumine fikoti twakufyengele fye, eico nomba iwe ulefwayo kulandula ulowelepo umukashi wandi we mupabi we! Nakuba nomba cawama no kuwama apo waishibikwa, waitumbula we mwine. Umukashi wandi nga alefwa, ninshi nobe! Kano umulowoloke leloline.' Elyo yapilibukila ku bantu, aiti: 'Ikateni umuloshi uyu nombaline mumutwale mu cifungo, mutansheko ne nshinshi. Muyemubika muli kalya kayanda ka ku masamba. Umukashi wandi nga afwa, ninshi musende umulilo muyeoca akayanda apile mukati.'

Abantu bawa pali Kampinda, baya balemushengaula ne ndupi pa kumukunkisha mu cifungo.

Umuntu mu cifungo atontonkanya amacushi yakwe, amona yafulisha pano calo; no kufwa kwawamapo. Ashininkisha no kushininkisha ati lelo imfwa yandi yafika pantu ulya mwanakashi tapusuke iyoo. Nomba alasakamanako fye imfwa yakwe ububi, iyakocewa fye umutuntulu. Apanga na mu mutima ati kanshi no kufwa kwandi filya fyanjebele akoni kwawamapo. Kampele fye nshimike ico nacisekela. Nshimike na fyonse pakuti nga batesha uwaipeye nkoko, no waipeye mbushi, nefyo akoni kasosele pa mfwa yakwa Cibulu nalimo imfumu kuti yakakula ba Citi no lupwa lwakwa Cibulu lonse. Ati apunde, ifilamba no bulanda fyamucilikila pa mukoshi. Ainamina fye panshi alalukushe filamba. Ati kantale njilile ne mwine, njilooshe ne ushamone wakundoosha nga nafwa. Kunse bwasuka bwaila. Aleipatikisba ukupunda pakuti bamo bese abashimikile, afwe citalale, pantu nga tasosele bwangu isuke misowa itulike ninshi emfwa ya kupila mu ng'anda.

Pa nshita ilya, kwali ni ku mibundo, e lintu ifyuni fyamisango na misango ififuma ku Bulaya naku fyalo fimbi ukutali fyaleisa mu calo umo amainsa yali mupepi. Uyu muntu mu mfifi mulya ali mu kayanda, aumfwa akoni kunse kaleimba ku muti uwali ku numa ya cifungo kaletila: '*Phlebotomous fever*! *Phlebotomous ever*!' Akutikisha ati nteshe ifyo kalesosa, awe afilwa. Asunguka sana, pantu lyonse fye alatesha ifyo utuni tulelila, nomba aka kena iyoo! Aesha ukupashanya akoni mu kapoopo, ati kanshi ico kaletila 'fulebotomus fiva' cilolele mwi? (Eko bwaba ubulwele bumo ubo batila phlebotomus fever; ubu bulwele nga bwaikato muntu kuti mwati alafwa no kufwa, kanshi nakalya, ilingi tabwipaya. Nalino eco akoni kalefwayo kumweba pakuti esakamana).

Akoni nako kabikilepofye ukwimba phlebotomus fever no kuleka iyoo. Kabili kaleimbo busaka sana mu matwi yakwe. Umuntu mu kwesha ukukutikisha, asuka aponena na mutulo.

****

Kampinda pa kwisashibuka, asanga bucele fye kale; kabili bakumanina fye na bakapaso babili baleisula pa mwinshi.

Cilya bapwa ukwisula, Kapaso umo ati: 'Cine-cine iwe waishiba ukulowa waishiba no kulowoloka. Ima twende, imfumu ilekufwaya.'

Ukufumina panse, amona abantu abengi nabasalangana, kushele fye bamo-bamo. Umunu ati atalantanshe amenso, amona umusano ulya wine umulwele ekele na filya pa banankwe, alebaafwako no kutongole mbalala, shimbi alekumpila na pa kanwa!

Ukufika pa mfumu, tayafushishe fyakulanda; yapingula fye cimo aiti: 'Mune iwe uli mukali sana, mbula kukutunununka umukashi wandi nga tapuswike, ecalenga mune, umfumine muno mushi utwale ubuloshi bobe kumbi leloline. Ifipe fyobe kumo kwine ne filyo fyobe twalakupela abantu bakusendele fyonse leloline bakutwalile konse uko ulefwaya ukuyaikala, cikulu ine nilakumona muno mushi.'

Umuntu atemwa sana pantu aisangile umumi muli kalya kayanda. Nomba ifyo umusano wa mfumu apolele nao teti eshibe.

Bayafunya no lupwa lwakwa Cibulu mu cifungo cikalamba, babikapo na bantu bambi abengi abakutunte fyakulya fyakwa

Kampinda ukumutwalila uko aleya. Babikapo na Nkoma-matwi e kapitao.

Umuntu ukwakuya kwamwafya, kano icakuti watendeka kale ukupanga. Elyo ati fye kanjeikala ku lupili ku mitanda. Ku lupili e kwali imitanda yakwe iyakale. Awe eko aya, eko balamutwalila ne fipe ne filyo fyakwe fyonse amatala yatatu ne nkoloso shibili.

Umukashi wakwe wena akaninina fye ndai ukukonka umulume. Ati teti nkonke umuloshi wakantu ulya. Ati : ine leloline ne cupo capwa. Umuntu nao kwena tasakamene, amuleka fye umwine aba. Ifilyo batuntile kasuba konse ukufitwala ku lupili, bapwa fye icungulo, elyo baisafungilila ulupwa lwakwa Cibulu mu cifungo cabo icape.

***

Neco nomba muka-muloshi ashala eka ubushimbe mu mushi, imfumu yacitamo ni ng'andu no mwinshi. Ilemulaya no kumulaya aiti wacita bwino, wilasakamna mama, ine ndi mfumu, tawakacule iyoo icakulya na fyonse wakulafimona. Umwanakashi mu mutima ati no kuti cine-cine lyandi lino, pantu nine ! Ifyo nalemona kale, efyo nakulamona na nomba, efyo nakulamona ne myaka ne myaka pe : ndemina.

Chapter 7

Abantu bamona ulusuba lwakokola. Lwakokola ukucila ifyo lukokola kale, ne toni lya mfula iyoo. Nangu fye akalikumbi ka kubaletele cisubilo ca mfula nakalya. Ifisako ninshi balicilika kale, balyoca no koca. Imito mu makula yasuka yaulauka. Ulwita-mfula luleti lwalila, imfula naisuulako no kusuula aiti koni kalelila. Nalimo nico kushali kupenda nshiku sha mu mweshi nga fino bacita ino myaka. Abantu baletontonkanya abati tuli mu November, nakalya, icine-cine bali mu March, lelo imfula ya kubeba ukuti muli mu March e kushali.

Ifyakulya ku matala basuka bapyanga. Basuka balasebela mu mapanga ku kufwaya ifinkolwankolwa ifili nga amakome, eyo balalya. Kabili mfungo ne mpundu nafyo fyalikene ukutwala uyo mwaka. Ifyakulya fyabula na kwisano. Ukusunga muka-muloshi kwayafya, neco abasano nabo balaisosha abati ifilyo fileonaikila kuli Namukonda uo beletunganya nokwangala nemfumu. Inshiku shimo alelala ne nsala nangula line imfumu kwena yalimutemenwe nganshi cayafishe fye.

Insala yakalipisha, imfumu yalapanga no kwipaya ulupwa lwakwa Cibulu aiti nshikwete fyakubalisha, pantu ilyo ninshi no musunga wayafisha kumo. Icalengele no kuti ikane ukubepaya bwangu nico e balebombesha mu kufwaya amakome na tumbi utwa mu mpanga utwakuletele mfumu. Emwikulo imfumu nayo yalemona.

Inshiku umo shipita buce-buce, awe Na-mukonda aumfwe nsala yacila abukali. Mu mutwe wakwe mwatendeka ukupita amano yakutila kwena ulya muntu nangu batila muloshi, kwena e mulume wandi ulyawine. E kapundu wandi ulya wine. Naletumpaikwa fye ne cifumu, epapa nomba nacifilwa ukunsunga. Kabili no bwafya bwa mwina-mwandi e calengele mu kumpimpila. Atubulabifya ne imfumu umutima wa mulume wandi nga ucili bwino. Iyee, nalengele no kuti imfumu imume uwabula no mulandu. Bushe kwena naco aishibe shani? Nalimo fibantu fya muno mushi e fyamwebele. Nomba kwena bushe kwaba nangu umo uwaishibe ifyo twalecita pa nshita ilya. Kano pa nshita ino abasano batendeka ukutunganya lyena, nomba lilya kale bushe aishibe shani? Kwena imfumu yalimwilikishe yalamumina pa mukashi wakwe. Ifi ifimafumu eco fyabela no bwilikishi. Kwena cilyacine nalimo e calengele no kuti apongomoke uluseko nico amwene umusano wa mulwani wakwe aleshikila. Ngefyo cena bonse fwe bantu tulasansamuka nga wamona uo wapata alecula. Kwena na ine wine nalilubile pa kukanakonka umulume wandi. Kubuko ni kwikoshi bafwenako libili. Icinama cikwishibe tacikulya acikupwishishisha. Umulume wandi eka fye e uli ne filyo muli kano kacalo. Kankayeko nkayeyesha. Bushe ninshi akayantamfya? Awe tekuti aye antamfye, pantu nao wine alacula nganshi ku bushimbe. Kankaye akayempelako icakulya ne muntu nalafwa ku nsala.

Ulucelo Na-mukonda aiposa mu nshila yakuya ku lupili. Alaya, ninshi nakupika no museke ku mutwe. Lilya aya alepalama ku lupili, alapekanya ifyakuti aye asembeleke umulume.

Umutanda wali lwa mwisamba lya lupili. Umwanakashi afika. Ati aloleshe, amona umulume wakwe ekele fye ubwamba, ali na pa libwe aleontela akasuba aleifwena no kuifwena. No tuni ku miti tulelanda aleumfwako. Kampinda ati amone umukashi wakwe, no kusakamana ukufwala nakalya. Amona umuseke ku mutwe, aishiba no kwisha ati ni nsala yamuleto yu.

Umwaakashi atendekako ati : 'Yangu tata wandi Shi-Mukonda wandi kuno kuntu ifyo ondele, ne nkuku shili na pa mubili we mwana wesu. Mulandu wa kucula ku kuipikila, no kutalalilwa weka cine-cine we muntu kuti walisuula na ku kufwala-Shimwapoleni ! Ala icipyu tacawama mwana wesu, ne mukashi obe nine wine fye neo akapundu kalilile. Ala icipyu tacawama kuti wabwesho mutima waleka naisa mu kukwipikila kuno kwine. Ala fwe banakashi tatwakwata mano yene-yene, mwe batusunga fye ni mwe bene mwe baume. Ngefyo epapo nimfilwa ukwikala ku mushi nati awe umutima wauma kanjemone umwana wabene ku lupili kusanga ifinama fyampanga filamucusha.'

Kampinda apilibuka, amulolesha. Akunto mutwe elyo amwasuka ati : 'Ukuba nomba elyo watendeka ukumona ukuti ne mulume obe nine !? Ukuba elyo watendeka ukumone calo ifyo caba? Walinkene pa menso ya bantu. Ukuba elyo watendeka ukumona ukuti mwe banakashi umulume mwaume wa pakubala? Ehe, napo nomba watendeka ukumona? Ne wansala nine, ifimale fileibolela fye ku matala na ku nkoloso, uwakuntwila anongelako ubwalwa e ushingamoneka.'

Umwanakashi ati: 'Hm, BaShi-mukonda bena mwandi iyoo ngefyo ndelanda bushe tamuleumfwa?'

Kampinda ati: 'Iyoo,naleti nganaya ku kufwaya ifyakulya nobe ushele ulecita fimbi. Nalimo taulamwensekesha fya pa calo. Bwelelamo uye ulolekeshe mayo, pantu ine nalitumpa iwe walicenjela. Ine nshimona, iwe ulamona. Eico nati bwelelamo! Kalolekeshe! Kabiye kalolekeshe! Uye umwensekeshe!'

Umwanakashi ifyakulanda fyabula. Kabili uwakulanda nankwe nao ali fye ubwamba, ne misosele yakwe yayafya. Umwanakashi afutatuka, alabwelelamo ne nsala yakwe. Ne nsoni shaisa. Lelo mu mutima akwate cisubilo cakuti nalimo umulume wandi alefwaya fye ukumpanika, akambwesha limbi nga nasunge fyebo fyakwe bwino.

Kanshi calinga ukuti ku mushi nje njikale fye tondolo. Te cakushimika na ku bantu. Nga nakabushe nga nayashimika, abantu baleyanseka fye abati umwaume uo wakene fye pa lwalala eo ubweleleko, baye mu kuntinya no kuntinya abati: akabwelelo kalalya.

Insoni shamwikwikata, ne nsala nayo ilekalipa. Kasnhi teshibe ukuti ifilamba filelengalenga. Cilya ati kampishe iminwe pa linso, apyangule cilamba pa linso lya ku kuso-Taata ! Ilinso lyatendeka ukupula mu miti na mu fyulu ! Alolesha ku culu, amone linso lyapula mu culu lyalolesha ne misanse iili bulya bushilya. Ifintu fyonse mu menso yakwe fyaba kwati fyapangilwa ku makalashi ! Ilinso lyalapula mu cimuti lilemona panshi. Pakuti ashininkishe epali alelota fye ku tulo, aisala ilinso lyakukulyo elyo amona ukuti linso fye lyakukuso elyalemona ukupula mufintu.Apilibuka ati kancebele ku numa, amona ilinso lyapula na mu lupili, amona na bakolwe abali lulya lubali lwa lupili balecena. Awe caba ngo kupena. Aikala panshi. Awe nakalya teti cimuleke. Aima alaya.

Aumfwa kamo kasakunya lwa ku culu, acebelako, amona ni koote e uleingila pa bwendo mu culu. Alemumona na ku bwendo mu culu, alemumona na ku bwendo kwine alepita umo bushookene monse mpaka na pa cifulo cakwa koote. Elyo amona icitumbi ca nama nacilala bulya-bushilya bwa culu. Ashipa kwena. Akobola na kalonde apambula. Lelo nangu alepambula akalonde iciswango cimbi icibeleme tapali. Ayapo, amona ni nsefu naifwa, amona ili no mwana munda. Awe atendeka no kukoma ku kalonde kakwe. Akokolapo nganshi. Asuka kwena afundulukishako iminofu imoimo, aisusha umuseke, ayanasenda. Ifyashala ati nkesa no mwele wine-wine mailo.

Kuti umushi ucili fye ukutali, ninshi naumona kale atampa no kufiso museke wa nama yakwe. Pa kupalama ku mushi aleikampa fye.

Afika mu mushi. Alulumfya amenso ku mpela ya mushi mukati ka ng'anda imo balenayo bwali. Apapa sana ati kanshi muno mushi mucili na abacili no bunga! Cakupapa. Insala yakwe fye yekayeka munda yamusenda.Aya kulya kwine ati nalimo baleyampako akabwali njise ntobele nama yandi, nabo mbapeleko batobele. Afika pa mwinshi ati: 'Oti mwe bakuno, shimwapoleni mwe banensu!' Amona umwakashi uwalenayo bwali acampusha akalongo ka bwali afisa ku lusoso. Elyo afumina panse bwangu-bwangu ku kwasuka abamuposeshe: 'Eya mukwai mwapoleni. Ala mukwai ifwe ii iponene yalatukomeka na matwi fwebantu nga nifwe tulele nshiku shitatu ukwabula na akakuposa mu kanwa, na lelo tulelala fye munda tondolo.'

Na-mukonda apapa nganshi. Mu mutima ati uyu mayo alekana, kabili nimfimona ifimali fyakwe mu nongo palya fili. Elyo ati: 'Awe nati fye kampite ndebaposhapo fye mayo fwe bashimbe-shalenipo mukwai.'

Umwineng'anda ati: 'Eya mayo. Ala uno mwaka tulefwafye.'

Ati aloleshe mumbi, amona nabatekano akalongo pe shiko, ilinso lyapula na mu kalongo mwine, amona bepike mukolwe wakushinka. Mu mano ati kantandalile kulya kwena bakupelako akanofu wasasamuna mu kanwa. Ati nga baleyampelako ninshi ebo nkasenda na ku nama yandi mailo. Ukufika fye pa ng'anda, abaposha: 'Shimwaikaleni mukwai!'

Umwineng'anda umwanakashi ati: 'Awe mayo twikele fye finofine,insala munda ileti lyeni umulilo!'

Muka-muloshi ati: 'Awe mayo mwe bamwene no twakwipika mu katondo ni mwe bantu, ifwe bashimbe nomba twalishimya no mulilo calitalala.'

Umwineng'anda ati 'Awe mayo nakalya, ni nsala iletusabaisha fye, bati ifwe tubulile ifimakome ifi abana beletoola efyo twipike twati tumone ifyo fileba. Ala fyakuicusha fye mayo leka nkukupukwilepo umone mayo cine-cine. Amuti ii nsala iponene fwe batendeke no kwipika amakome!'

Na-mukonda aseka, no mwine ng'anda nao aseka; baseka fye bonse filyafine abanakashi bacita pe nga balebepana.

Na-mukonda asuka abwelelamo fye ku mwakwe ne nsala ya lucelo. Ubo bushiku asambilila sana ubucenjeshi bwa bantu. Aleti nga apyanga amenso mu mushi, amona na mala munda shabo, no unwene fye amenshi apo bucelele amwishiba.

Bwati bushiila, elyo abwelelamo ku museke wakwe ku mpanga. Ayasenda alaleta na ku mushi. Pa kwingisha mu mushi amono bwafya, pantu abalepitana mu mushi alebamona bonse nangu bali bulya bushilya bwa mayanda, ico wena alebamona, mu mutima wakwe nao cilepala kwati balemumona. Mu kucefyacefya asuka aingisha. Atendeka no koca imipusa ipye bwangu insala yakalipa muno.

Icena ca nama naco tacifisama. Bwanngu icena capita mu mushi, abantu baumfwa, balasumba: 'Pali ukwamunke, pali uwaocela bane, nikwi icena chilefuma!' Umushimbe mukati ka ng'anda alebamona baleisa, apakufishila pamubula. Asokolole nama yakwe atampa no kwakanya. Abaice balya bashinka, cabawamina nganshi. Ena alyako fye inono ku mutima kwaikala. Alala.

***

Kanshi ububamfi bwakwe nabufika na kwisano kale. Ulecelo amona ka mwana Mukulu, ka Lesa, kafika, akati: 'Imfumu ileti nabatutobesheko.' Umwakashi ateula no twashelemo, apele mfumu.

Abwelela ku kupwishishe yashele ku mutengo. Uno muku asendo mwele uwatwa bwino-bwino. Tailekokweshapo. Alonga ne minoffu mu museke, alabwelela na ku mushi. Lyena aisaingila fye mu mushi akasuba ukwabula no kulabalaba. Abobeka na fimo mu kalongo fyalapya.

Abatanshi ukwisa ku kumusengela ni ulya mwanakashi afishile ubwali ku lusoso, na ulya aipike mukolwe.

Uwafishile ubwali atendekako ati: 'We mwana wesu waleilishanya auti fwe bashimbe, nga epapo ba Kampinda uku ku lupili baleti nga baipaye nama bakukumbusukako, fwe balefwa fye ku nsala tefwe fwebo ifyaume fyashangatila fye muno mushi. Mona mwano uyu lelo alilile bushiku bonse ku nsala eico nati kanje kuli nyina aye amutalalikeko!'

Uwaipike mukolwe nao ati: 'Ala kalyakene mwapeleko Chanda aishile nakungika ku banankwe, natila ntinti we mwana yakanyako ababiyo, awe akaninina fye, alya fye eka. Nomba abanankwe balilile bushiku bonse abati mayo katupulileniko. Eico nati kanjemfikeko mayo lelo nga ntine fye umwana wesu. Bushe ba Kampinda ii ine nama bawikishe fye mu bucinga? Iyee umwana wa bene mu mpanga talacula nganshi, ukwikala fye eka.'

Na-Mukonda pa kumfwa amashiwi aya ku banakashi aba abacitile filya mailo, abakufisa no bwalli ku lusoso, umbi nao alebepa no bufi ati makome njipike kanshi ni nkoko kwati nshalelolesha; umutima wakalipa. Umwanakashi ashipikisha, abula ne nama alabakanya bonse babili ukwabula ukusosa nangu kamo. Awe batemwa nganshi babika no tupe pa mitwe balaya. Ashala alebalolesha, ni cikanga abakonkeshe amashiwi ayashabatishiwa.

Akasuba kaleya ku kuwa, ne nama yapwa ku kwakanya, pantu ukufisa kwalemwamfya. Nga kuti afisa shani uo weena akantu takalefisamako nangu kamo.

Imfumu nayo yabikako no mutima, neco ishinkile nama naciwama nganshi. Aiti eya, cibusa wandi talendekelesha. Kuti fye tabulailisha na kwilisha, imfumu yafika ku mwakwe yasanga alekanga no tunama. Umwanakashi aipelako yalalya. Yati ilalyafye aiti: 'Ale nomba.' Umwanakashi ati aloleshe ku cibumba ca ng'anda, amona abantu balepitana, bambi balekuusa na ku cani ca ku mutenge wakwe. Umwanakashi akaninina fye ati: 'Awe ne mwe, lelo kuti twalacite fyabipa pamenso ya bantu ifi fine!'

Imfumu aiti: 'Nga abantu bali kwi muno mg'anda?'

Umwanakashi ati: 'Mona umo uyu alekuwa no munsoli, uyu, uyu alungama na kuno! Uyo alola ku kati ka mushi nomba aishiba. Awe we mfumu ine iyoo, awe iyoo.'

Imfumu caipesha amano. Umunsoli wa muntu wena yatesha, nomba ukumumona iyoo. Abantu umwanakashi alemona yena tailebamona. Yafulwa sana, yamuleka, aiti te fimabange apepele. Yafuma yaya. Mu mutima aiti aleshala alanguluka nganshi nga akololoka.

Chapter 8

Takwali kantu nangu kamo akalefisama ku lwinso lwa uyu mwanakashi Na-Mukonda. Kuti ngabaya mukutola amakome, wena atola ayengi sana, ne nama cintobentobe. Lelo ifilyo fyakwe tamwalefisama nangu kamo eco nao talefishiba nangu kamo. Aleseka sana mu mutima wakwe pa kumona abalefisa. Balya abakuti nelyo akwete aletana, balesebana sana mu mano yakwe, kabili bena alebamona nge mpulumushi pantu ubufi bwabo ni pa mbilibili.

Imfumu nayo tayalekele. Kuti fye libililibili aiti nkufutule filya cali kale efyo cibe na nomba cibe mutapi, yaaba, icabu cakale. Umwanakashi kuti nga asansala umwine talefwaya kusebana pa menso yabantu. Yasuka limbi yamusembelekela kwisano aiti ico kwena kuli ilinga, abantu bapita mu calo ca mumutwe wakwe kwena teti abamone. Ingapalibufi, neco kwena basano bekabeka alemona, kuti pakukana aati fye ncencenta.

Bushiku bumo Na-Mukonda afumina mu mpanga ku kuteba inkuni. Kanshi imfumu naimumona ilyo alekumbilisho lushishi mu mushi ulwakukakila icifinga. Lifya fye acilo mushi, yateuka na pa cipuna, yapela na kakalume ka kwisano ka Lesa icinkuli aiti mune tubale tutandaleko pa mutengo apa tolololeko imisana. Ka Lesa kasenda ne cinkuli. Yaya ilemubeshafye umo aleya. Lilya yamona ainamina pa kukontolo lukuni, yaeba naka Lesa aiti shala pano, wilacita congo, nalabwela nombaline mune. Ka mwana Mukulu kashala nakafukatile cinkuli. Umwanakashi nainamina pa lukuni, aluba nefyo ifikile, aiti: 'Ni shaani, bushe na kuno kuli abantu abakuti utiine, ale fye.'

Umwanakashi ukwinuka apishe linso mu mutengo, aseka no kuseka, ati: 'We mfumu, kuno nangu kushili bantu bakutumona, nga Lesa Mukulu ulya palya ne cinkuli, fyonse ifyo tulecita aletumona!'

Imfumu aiti: 'Walipena iwe, akamwana akacepa filya eko uletina? Bushe kuti katucita nshi?!'

Umwanakashi ati: 'Tacepele ulya, ni Lesa Mukulu!'

Imfumu yafulwa ngashi, napa kufumako mu cipyu yalabilako ne nkonto.

Chapter 9

Insala mu mushi yabipisha,abantu ni cikanga batendeke ukulye mpapa. Ico imfumu nayo limo-limo yalelelukila kuli Na-Mukonda, abasano basuka balatunganya. Asuka mukolo bushiku bumo aumanya Na-Mukonda. Baumene nganshi kumulandu wabufuba. Na-Mukonda nao neco eshibe ukuti ni kale naleka kalya kamusango kuti nga akana, akola na pa lulimi. Mukolo te wakumfwa iyoo. Asuka Na-mukonda pa kulapa ati : 'Wamfyenga fye we munandi, Lesa Mukulu e ukansoselako pantu e wishibe fyonse !'

***

Icamupamba, ubushiku bwine ubo ku cungulo, Mukolo baya na banakwe kwifwe eko bayasanga na Na-mukonda aletapa ameshi. Batendeka na kabili ukumusosha amashiwi ayashabatishiwa. Balamumanya abati we cicende we. Pa nshita ilyaine baleumana, Mukolo apasuka mu nshila apo beminine ati kansabe ifibalani fya mabikilo. Alola ku culu. Na-Mukonda ati aloleshеko, apunda ati: 'We muntu bwelako ku culu uko walasumwa nombaline.' Mukolo napumyako no kupumya pantu tekuti omfwe ku muntu uo apatile. Na-Mukonda abikapo fye: 'We muntu walafwa nombaline ku culu uko kuli icisoka!' Mukolo apilibuka fye atukana no lusele ati:' Shi niwe walandowa fye we muka-Muloshi we.' Ainamina na pa cibalani. Insoka e ikolomweke ku bwendo, kuti ishimuti pa mukonso nkaaa! Umusano aiminina fye shilili, ne nsoka yalamukapaula na mu molu. Ilyakwisapunda: 'Nasumwa bane!' Elyo atampa no lubilo ukuya ku mushi. Awe mu mputa awa na panshi. Cilya akasuba kashima, kashimina fye kumo no mweo wa musano.

Ninshi abasano babiye nabayashimikila ne mfumu abati ni muka-muloshi e wacilamutipwila, alemupela imishindikila ati ngoshe akusume leloline. Baikata muka-muloshi bayamwingisha mu cifungo mulyamwine bafungilile na wiba kale.

Imfumu tayakwete maka yakumubelelo luse. Kabili mu mano yaiko ulya mwanakashi mubi nganshi, alitalama, atina abantu, atinina kumo na ka Lesa Mukulu akaice fye. Ngefyo kale twaleumfwana nankwe, ico atalamine mulandu balefwaya ukubweshanya no mulume wakwe; eko afumya ne nama shonse shilya apelaika na bantu mu mushi. No buloshi bwakupandilo mukashi wandi insoka ni ku mulume wakwe ati ukayemuposela ngoshe. Palya umulume wakwe apene ukulowa umukashi wandi, epapa kabili nomba apelo mukashi wakwe ubwanga bwakwisanjipaila umukashi. Umwana wandi alifwa, epapa kabili no mukashi wandi nao afwa. Nshakalabe ku bucushi bwa musango uyu mpaka no kufwa kwandi. Nomba calinga fye ukuti mbepaye bonse cipwe elyo nkalabeko, pantu ntila nga namona ulupwa lwakwa Cibulu mu menso yandi umutima waibukisho mwana wandi. Awe ndefwayo kulaba, ndefwayo kulaba! Nga nalabako kulifyonse ifi lyena kuti cawama. Napa kulabako kano mbepaye fye bonse Kampinda no mukashi bepaiwe Citi nao no mukashi no lupwa lonse bepaiwe elyo nkamone ukulaba ku macushi yandi. Ndefwayo kulaba, ndabe, awe kano ndabe! Takuli nshila imbi intu ningalabilamo icamusango uyu kano fye ukubepaya.

Imfumu yapoka ne cinkuli kuli ka Lesa yalapeepa. Yakasosha no kukasosha aiti: 'We mwana, ndefwayo kulaba. Aba balwani kambepaye nga lyena kuti nalabako bwangu!'

Ka Lesa Mukulu kayasuka akati: 'We mfumu nga mulefwayo kulabako-cibe ifyofine.'

***

Ulucelo bamo baleya kukushiko muntu, bambi baleya ku lupili ku kwikata Kampinda. Bayamusanga naikala pa libwe ubwamba aleontela na kasuba, alekutika na ku fyuni. Bafika balamushinina no kumushinina abati: 'Cine-cine uwikalo bwamba wena muloshi!' Balamutintanya ukumuleta ku mushi.

Cilya bamufisha mu mushi, bamutwala kwisano, bashimikila ne mfumu ifyo bamusangile ubwamba.Imfumu yalamwebaula, na bantu bonse balamuweela.

Uno muku nao Kampinda ashininkisha ati lyena balenjipaya. Kabili aliteseshe no kuti imfumu ilefwaya no kwipaya ba Citi no lupwa lwabo lonse. E waishibe fye eka ukuti balya bantu tabakwete mulandu nangu umo. Kampinda alatontonkanya ati awe lelo lyena kansose fye njifwile cipwe. Kabili nalimo imfumu nga yamona ukuti ba Citi tabakwata mulandu nalimo ilebakakula mu cifungo. Ati ine nangu mfwe te mulandu, pantu no kulenga nine nalengele ukuti Cibulu afwe. Nkwata uluse palyapene nga nalileseshe Nkoma-matwi ukwipaya ulya mwana. Awe ne ulingile ukufwa nine. Lelo lyena kansose fyonse cipwe, abene nga balekana lyena mulandu wabo.

Abantu bonse calonga kwisano ku kumfwo mulandu wakwa Kampinda umuloshi no mukashi. Bonse fye no twaice kumo twalongana. Abashalipo fye lupwa lwakwa Cibulu ulwali mu cifungo kabili nalolwine lwali no kwipaiwa.

Imfumu ninshi naipingula kale mu mutima aiti lelo ndebepaya bonse. Naipingula kale ifyakucita mu mutima tailati yumfwe nefyo abantu balelubulula filyafine ficita bakapingula wa milandu ba pano calo bonse ababi. Pa kwipusho muloshi ilesenteka no kusenteka, aiti: 'Ale mune lubulula ngoli ne fyakusosa, uleke tukuleke mune uye mu kutusha, nefwe tulabeko bwangu.'

Kampinda aiminina na pa lwalala. Abati ikala we muloshi we wilatwiminina pa mitwe. Aikala. Cilya ati atendeke ukusosa, imfumu yapusauka, yaibukishe nkonto kuntu yashele. Yatuumako ka Lesa aiti: 'We mwana kafwaye nkonto kulya twaile.' Tayatumineko umbi iyoo, pantu Lesa eka e waishibeko. Umwaice aima ulubilo aya ku mutengo ku kufwaile mfumu inkonto ya bufumu kuntu yalabile.

Elyo Kampinda atendeka no kushimika: we mfumu umfwa lilya watutumine ku kuyaipaya mwana ba Citi ni fyakuti na fyakuti efyo nailetesha...; nefyo natendeke ukumfwa mu matwi yandi ni ifi...; inkoko shatile mwakuti na mwakuti...; no mwana uwaipeye nkoko ya bene ni uyu ekele apa uyu! Kampinda amusontamo no munwe. Kabili akonkeshapo ati: imbushi nasho naumfwile shilelanda shileti mwakuti na mwakuti...; no mwana aipeye mbushi nao ni uyu ekele apa! Nati kanje ku kukomene miti, nako naumfwa umuti wansosha mwakuti na mwakuti, ine naishiba nokuti kanshi nsala ikapona e cilya mwamwene ine no kutema nshatemene epapo na lelo imfula tailati iloke, ne nsala nayo mwilaipusha, ili munda sheenu, ne wikwitepo fye pano nine neka. Kabili lilya umusano obe we mfumu alwele tene namulowele, ine nasekele ifyalelanda bakwindi mu cifunda ca fishimu. Mwalinjikete mwamposa na mu cifungo mwati no kuti tulemocela apiile mulyamwine. Ine bulya bushiku napene nsose na fyonse ifi, ne calengele nkane ukusosa nico akoni kaishilenda fyakuti nasuka napona na mu tulo.

Imfumu aiti: 'Nga akoni akaishilekulafya utulo kaletila shaani, kakwebele shani? Twebe na ifwe tumfwe.'

Umuntu ati: 'Kaletila phlebotomous fever!'

Abantu baumfwa fulebotomus fiva bawa fye ku nseko bonse. Elyo imfumu aiti: 'Ale londolola ico cine uleti fulebotomosh fifa.' Umuntu afilwa ukulondolola, pantu aka koni keka fye ekalandile ifyamwanshishe ukumfwa. Abantu bati no kuti ee cine-cine uyu utuni twalesosa kabili wafilwa ukulondolola, ngefyo pamopene na ifwe bene bonse tulatesha ifyo utuni mu mpanga tulelila mu mpanga lelo tatwishiba umo filolele.

Umuntu akonkanyapo ukulubulula: 'Ati kabili we mfumu uleti ndi muloshi pantu njikalo bwamba ku mwandi ku lupili, kabili uleti no kuti endesha uleke ndabeko, kabili no kulaba we mfumu ukuti umuntu onse uko ali eka teti asakamane ukufwala.

Imfumu aiti: 'Bushe tawatushimikileko na fiimbi, shale mune shimika ifwe tulefwayo kuseka.

Umuntu ati: 'Ishiwi kaleimba ni ilyoline fye limo. No kutesha nshaliteseshe umo lyalolele, lelo ifisosa utuni tumbi tonse ndatesha.' (*By the way, kalya koni pa nshita ilya nalimo kafumine ku Insitute of Tropical Diseases ku Liverpoo*!)

Kabili umuntu akonkeshapo ati: 'Kabili lilya napumine umukashi wandi nalyo utusenseng'anda twalinjebele. Kabili we walelala no mukashi wandi uyu Na-mukonda ni we wine we mfumu, waisabikapo no lufyengo walanguma amembya. Uli walufyengo sana we mmfumu, nakuba kakula na bantu bakwa Cibulu we mfumu we kanshi uli mpulumushi!'

Apopene Kampinda aleka no kusosa, alambalala na panshi. Abantu kaseka, balamutukaula ne nsele, abati ukuba wena ifyabufi fyekafyeka efyo eshile napekanya ati emo njempusukila.Imfumu ileti fye lekeni ndemukanda. Abati ale nobe we mukashi wakwe tumfwe.

Umwanashi aponamo. Nao ashimika nefyo amona abafiso bwali Ashimika ne nsoka yaipeye umusano mailo. Abashimikala fyonse, ati ine ilinso lyandi lipula na mu miti, naimwe bene apa mwikeke ndemona na mala yenu. Uyu mwanakashi ali apa, noyo naulya, aba bonse bali na mafumo; no twana tuli munda ninjishiba, uyu akafyala umwaume, ulya ni bampundu bali munda yakwe, ulya nao mwakuti na mwakuti. Umwanakashi apwa ukushimika, nao alambalala alala. Abantu kuti bawile fye ku nseko, abati bufi, balesabaila fye ico beshibe ukuti imfumu ilebakanda. Imfumu yaeba na bantu aiti nomba balambalala bwino, mwe bantu basendeni muyebacita filyafine ku mpanga muleke tulabeko bwangu.

Apopene abantu balabako fye bonse, ne mfumu kumo yalabako. Takwali nowaikete ku citumbi cakwa Kampinda na Na-mukonda. Balabako fye bonse. Baimina fye camumo ukulasalangana. Ne mfumu nayo yaima yalasalanganako. Cila muntu alaba ku mwakwe, alaba no mukashi wakwe, alaba na bana bakwe, ne shina lyakwe alilabila kumo.

Na banakashi bonse balaba abalume babo na bana babo, na ku mayanda yabo te kwakwishiba. Ne mfumu nayo yalaba nokuti ndi mfumu, yayaingila mu kalitanda ka twaice yena aiti emumwandi. Ninshi abaice nabo nabalaba. Bonse fye balabililafye fyonse. Abantu balabila kumo nababafyele, balabila kumo nabo baifyalila abene. Balaba na ku cishima. Teti beshibe nefyo baciba ulucelo iyoo. Teti bebukishe nefyo cali mailo iyoo!

Ilyo ka Lesa Mukulu kabwelele ku kufwaye nkonto, kaisapapa sana pa kusanga abantu bali nga bapenene. Ukumona Shi-Mwansa aleyeba Na-Comba ati mukashi wandi. Shi-Chanda aleyeba Na-Mulenga ati mukashi wandi. Na-Bwalya aleyeba Shi-Mwila ati mulume wandi. Na-Katongo alesha ukweba Shi-Katongo ati mulume wandi. Shi-Bwembya alekana ukukumbatila Na-Bwembya, apitapo ayakumbatila Na-Cileshe.

Abaice nabo ninshi cili ifyofine, nabo teti bebukishe bashibo na banyinabo iyoo, cikungukilekungukile. Ka Lesa pa kumona fyonse ifi cakapesha amano. Kena akati aba bantu pali ifyo banwene, nabakolwa. Kasenda inkonto kayafumbatike mfumu. Imfumu yapose nkonto icho taishibe ubupilibulo bwaiko. Ka Lesa kakonka kayatola kalasunga.

Cilya bwaila, ukusendama kwena basendama, mu mayanda ayoyene batolele ayashili yabo. Ka Lesa mu mutima akati nalimo mailo bakabuuka nabakololoka. Awe bwaca fye ni filyafine; ninshi babalaba ne fyali mailo, baishibapo fye ifyo balecita epela, na kuli mailo wa kuntanshi te kwakulolesha. Leloline fye epela, kuli mailo wa kunuma tabaleibukishako iyoo, bali fye abapya.

Ka mwana Mukulu kalolesha abantu pa nshiku shibili. Kamona ukuti cine-cine abantu tabali bwino. Kaleti kaesha ukubalansha ifyamailo, awe bafililwa fye, balakana no kwingila mu mano yabo. Ka Lesa Mukulu keka fye e kashele na mano, e kashalabileko, pantu kena palya pa cilye cakwa Kapinda na Na-mukonda takasangilwepo.

Elyo kaibukisha balya bantu ba mu cifungo akati kanjemone balya bantu nalimo imfumu nabo yalibepaya filya yalepanga ukucita. Kayabeswila, kasanga batuntulu, nomba ninsala yeka, ninshi balyonda icabipa nganshi. Bena pa kulanda nabo calolamo, pantu nabo ico bashalipo palya pa cilye, tabayambukilweko isambi lya cilafi.

Ka Lesa kalabalanga akati moneni abantu ifyo bali moneni ! Nabo bamona ukuti umuntu fye onse alilaba no mulandu wabo, ne cifungo cabo takwali nangu umo uwaleibukisha, ne mfumu nayo yalabile kumo no bufumu bwaiko. Citi no lupwa lwakwe pamo na ka Lesa kene e basenda ifitumbi fyakwa Kampinda na Na-mukonda bayashiika bwino-bwino.

Elyo akakene ka mwana Mukulu kabule nkonto ilya, kapela Citi, akati : 'We mukalamba ulipo ni we. Mona ifyo abantu bafulungene ku cilafi, ulebaafwako. Mona tata balilaba ne nshila shonse, balabila kumo ne nshila yaku cishima. Ulebatungulula mu nshila; ubalange ne milimo pantu ifi balabile ku kubomba bakafwa ku nsala na ku machushi yambi. Mona tata ifyo ifyupo fyabo fili, aleti fye uyu uo akumanya e mukashi ; uyu uo akumanya ninshi e mulume. Ale Citi wesu ubekashishe ifyupo fyabo aba bantu. Ubasunge bwino-bwino. Wilakwata cipyu ku bantu aba, mona bali fye mu maboko yobe. Incito ya kusunga abantu yalyafya, wikatendwa. Mona wakulati wabeba ichi lelo, mailo wasanga nabalabako. Wikatendwa ukabikepo fye. Niwe mukalamba ulipo pano, ine ndi kashiwa nshakwata tata, nomba we tata pantu niwe tata wakulansunga. Ubwafya nga bwaima, nakulalondolola ne wishibe fyonse.

Apopene Citi ailumba no kuilumba mwishina lipya, ati: 'Lesa ampela ishina lyakwa wishi. Nomba nine Citi Mukulu, ne nkonto ya bumfumu iii ampeela.'

Papite nshiku cine-lubali, Citi alonganya abantu bonse abacilafi, pamo pene na bantu bakwe. Alabeba ati: 'Mwe bantu munjishibe, nine Citi Mukulu, nine mfumu yenu, no bufumu ubu nshaitendeka fye iyoo, uwampele ni Lesa Mukulu, no kwishiba e waishiba fyonse. No kumpoka inkonto ewingampoka nga alefwayo mwine. Ine nakulamupingula ifyakuti tulecita pakuti tuleikala bwino pano calo.'

Abantu bakwa Citi fye beka e baumfwa bwino. Abantu bambi iyoo tabeshibe nefyo alesosa umo filolele.

Citi alasakamana sana ukuti aba bantu bakafwa, pantu tabaleibukisha fyakale, tabaleibukisha ifyo bacitile mailo, tabakwete na maka yakutontonkanya ifyo bashili nokucita, amano yabo nayacepesha. Citi pamo no lupwa lwakwe pamo naka Lesa kene balesakamana nganshi. No kufunda abantu bamusango uyu kwayafya nganshi.

Citi no lupwa lwakwe pamo naka Lesa ebaishibe ukufwaye fyakulya mu mpanga baleletela aba bantu kulya Kampinda akwete filyo, kulya imfumu yamutamfishe ku lupili ne filyo fyakwe. Batile nalimo na nomba eko fili, apo umwine filyo alifwa kanshi calinga tuleya mu kusenda filya filyo tuleleta kuno mushi ifyakupususha aba bantu, pantu nabatendeka no kwipayana balelyana. Nga twalabaletela ifilyo nalimo lyena bakaleka ukulya abanabo.

Chapter 10

Bushiku bumo Citi no lupwa lwakwe baya ne miseke ku lupili ku kuleta ifyakulya fyakwisayakanya abantu. Ka Lesa keka e kashele mu mushi kalesunga abantu no kwishiba ifyo balecita. Aba bantu insala yabekata, bashala baipaya ka Lesa, bakalya no kukalya bashako fye utuminofu tumo-tumo. Apopene icilafi cabo capola. Amano yabo yatendeka ukufunguluka baleka ukulaba. Nomba balabako fye cimo, balabako fye cimo ico balile, balaba ukuti ni Lesa balile: balaba nefyo Lesa acilamoneka pa cinso, balaba na kuntu ele.

Bwangubwangu Citi no lupwa lwakwe babwela ku lupili na male mu miseke, ninshi nabanaka ne nsala ilekalipa. Baisasanga utuminofu, abati nalimo ni nama katwishi uko aba bantu bashele baipaya atemwa batolele fye.

Awe nabo balyako bonse, baocela. Baikala inshita iikalamba no kuti Lesa amoneke iyoo. Basuka bonse mu mushi balaipushanya abati kanshi Lesa ele kwi? Tapali nangu umo uwakwibukisha bwinobwino uko Lesa acilola, nefyo icinso cakwa Lesa cali. Cila muntu asonta uko aletontonkanya, ati nacimona Lesa acilola uku. Bamo balasonta ku lupili. Bambi balatontonkanya abati ali ku mumana, bambi abati ni ku culu, bambi ku mutengo, bambi abati niku cimuti icikalamba. Pa kufwaya ukwibukisha bwino, bambi balepunamina mumulu.

Bwasuka bwaila bafwayafye. No lucelo baisabikapo ukufwaya. Abaletontonkanya ukuti Lesa ali ku lupili, balola ku lupili balefwaya mu fimabwe ifikalamba. Abamwene ukuti Lesa aile ku cimuti icikalamba, nabo balola ku cimuti icikalamba ku kufwaya. Bambi baya kufyulu. Bambi nabo bashala mu mayanda nabapunamina mu mulu baletontonnya ukwakufwaila. Ico basakamene ukuti unwaice mu mpanga nomba ali ne nsala, bamo baleya nabasendela kabela utubunga, bambi nkoko, bambi utwabupe tumbi tonse uto bakwete.

Abantu bonse na Citi wine tabaleibukisha bwinobwino ifyo icinso cakwa Lesa Mukulu cali, na kuntu aile nako tabaleibukisha bwinobwino.

Ico Lesa ali munda shabo, amano yabo kwena yakwata amaka yakwibukisha mailo wakunuma; bakwata na maka yakusubila mailo wakuntanshi. Bakwata amano yakwishiba ifyo bafwile ukucita nefyo bashifwile kucita, bakwata na maka ya kucita ifyo bafwile ukucita, bakwatila kumo na maka ya kukanacita ifyo bashifwile kucita.

Nomba telingi bacita ifyo bafwile ukucita !

Kabili telingi bashicita ifyo bashifwile kucita !

End..

Fear No More

Fear no more the heat o' the sun;
Nor the furious winter's rages,
Thou thy worldly task hast done,
Home art gone, and ta'en thy wages;
Golden lads and girls all must,
As chimney sweepers come to dust.
Fear no more the frown of the great,
Thou art past the tyrant's stroke:
Care no more to clothe and eat;
To thee the reed is as the oak:
The sceptre, learning, physic, must
All follow this, and come to dust.
Fear no more the lightning-flash,
Nor the all-dread thunder-stone;
Fear not slander, censure rash;
Thou hast finished joy and moan;
All lovers young, all lovers must
Consign to thee, and come to dust.
No exorciser harm thee!
Nor no witchcraft charm thee!
Ghost unlaid forbear thee!
Nothing ill come near thee!
Quiet consummation have;
And renowned be thy grave!

William Shakespeare

TRANSLATED INTO THE ENGLISH BY AUSTIN KALUBA

ABOUT THE TRANSLATOR

Austin Kaluba is a poet, short story writer, journalist, translator and diplomat. He was born in northern Zambia and studied journalism at the prestigious Africa Literature Centre in Kitwe-Zambia. He then joined the national newspaper The Times of Zambia as a features writer rising to the position of Sunday Times editor. He studied creative writing course at the London School of Economics under the University of Birkbeck programme and later did more creative writing courses at Oxford University (Department for Continuing Education) in England. Kaluba's poetry and short stories have been published in reputable literary magazines in Europe and Africa. He has translated several books from English to *Ci-Bemba* and vice versa. He is currently representing his country as a diplomat in the United Kingdom. He is also working on a collection of short stories.

CHAPTER ONE

It so happened that one day a heavily-pregnant woman went to visit her mother in another village. Her pregnancy was so big and advanced that one would conclude she would give birth to twins.

After spending a few days with her parents, she was appeased and decided to go back home. On her way home, she met a funeral procession heading towards a cemetery for burial. The deceased was an old man who had died when the pregnant woman was away visiting her parents.

Upon meeting the funeral party, some mysterious power enveloped the place sending the pregnant woman and pall bearers into a trance.

Immediately the corpse of the old man started conversing with the unborn child in the woman's womb psychically without others hearing the conversation.

Corpse, "Behold unborn child, where are you going?"

Unborn child, "I am going into the world to be born."

Corpse, "Behold unborn child, don't even dare to be born in the world! There is nothing good there. Come with me, can't you see that I have failed to live there myself. That is why I have left because I cannot stand the evil deeds and injustice in the world."

Unborn child, "That is understandable because you have lived your full life old man considering the number of years you have been in the world."

Corpse, "Mark my words; just come with me back to the spirit world. There is nothing good in the world. All the pleasure, and what human beings call enjoyment, riches and glory is useless. It is only that they don't know and never care to understand the folly of living. Once more unborn child, come with me back to the spirit world. Don't go and be born in the wicked world."

Unborn child, "No, old man, I want to go and find out for myself."

Corpse, "Really? Well go, but if you really want to find out what I am talking about, you should be born dumb."

Unborn child, "I understand, I will go and be born dumb."

Suddenly, the spellbound pall bearers and other mourners together with the pregnant woman were relieved of the spell. The pall bearers went on their way to the burial ground while the pregnant woman headed for the village.

Upon arrival, the husband was happy to see his wife who had been away for some days. His friends and relatives went to greet her and expressed gladness that she had arrived back home safely.

xxxxxxxxxxxxxxxxxxxxxxxxxxxxxxxxxxxxxxxxxx

Late at night, the pregnant woman gave birth to a bouncy baby boy who was a spitting image of his father Citi. The marriage counsellors and birth attendants greeted the coming of the baby with raputourous joy.

Citi was overjoyed because this was his first born child. The aunts and grandparents of the newly-born child also rejoiced at the new arrival.

The same night, the chief who had twenty three childless wives had a baby boy with his second wife. The royal family rejoiced at the birth of the prince whom the chief named Mwanangwa.

There was rejoicing in the two households. For the chief, this was his only biological child because the adopted lad called ka-Lesa, the chief's hand person whom he lived with was taken to the palace after being orphaned many years ago.

Chief loved ka-Lesa because the child was humble and carried out tasks assigned to him promptly. His main royal task though was to carry the chief's water pipe. The name ka-Lesa means small God.

Xxxxxxxxxxxxxxxxxxxxxxxxxxxxxxxxxxxxxxxxxxxxxx

The two age mates Citi's son and Mwanangwa, the prince soon grew into big boys. However, the parents of the commoner discovered that their son could not speak, a development that worried them. Despite this handicap, his parents loved him dearly. It was not the same with his peers who mocked the boy because he was dumb.

Nevertheless, though the boy was dumb, he was not short-tempered and bellicose like was the case with other dumb people. No matter how his peers laughed at his handicap, he never reacted.

Maybe it was this behaviour that made him easy prey for mockery. Perhaps if he was short-tempered and combative, the others would not have mocked him so readily.

One day the adults of the village went to their fields, leaving only children in the village. The mischievous boys caught someone's chicken, killed it and roasted the meat which they ate with relish.

After eating the chicken, one child commented, "What we have done is bad. We will be in trouble if the owner of the chicken discovers his chicken is missing."

The children then agreed that they would accuse the dumb boy as having killed the chicken. They picked on the dumb boy knowing he wouldn't be able to defend himself.

And true to their fears, in the evening, the owner of the chicken desperately started looking for the missing fowl as he cursed the thief.

After making inquiries, the children lied to the owner that it was the dumb boy who had killed the chicken, roasted it and shared the meat with them.

The owner of the chicken was very angry and immediately went to the dumb boy's father to demand for compensation. The dumb boy's father compensated the aggrieved man with a cock and a hen.

After a few days, the incorrigible children now targeted one of the goats they were herding. They grounded it, killed it and roasted the meat which they shared among themselves. They flung the parts they could not eat into the river.

They had a grand meal filling their small bellies till they began to shine. After the feast, one boy commented: What are we going to tell the owner of the goats if he discovers one is missing? Again, they agreed that they would accuse the dumb boy as having killed the animal.

And true to their treacherous agreement, the children told the owner that the dumb boy had killed the goat, roasted the meat and shared it with his friends.

The owner of the goat was furious and demanded compensation forcing the dumb boy's father Citi to compensate with a he goat and a she goat. This pacified the owner of the goat.

Despite this, the parents continued loving their dumb son as the saying goes, a child is like an axe; you can't throw it away even if it hurts you.

....

In the wet season, it rained heavily, flooding the rivers and washing away bridges. The reeds were submerged, otters swam to the mainland. The whirlpool could even hold a small clay pot.

Oblivious of the danger the flooded river posed, the children of the village regularly went to the river to swim because the river looked broad, beautiful and enticing.

Whenever they were bored herding goats, they would let the animals go to eat people's crops while they removed their sporrans to swim in the swollen river.

One day when the sun was setting, they lined up as usual and headed to the river. In their midst was Mwanangwa, the prince. On their way, they persuaded the dumb boy to accompany them.

They were so excited that before they could even get closer to the river, they had already taken off their clothes and run into the river noisily.

The dumb boy stood by the bank of the river watching others swimming. His excited friends started shouting at him calling him to join them in the river but he refused.

In the midst of their pranks, the children started splashing and shouting enjoying themselves in the water. They did butterfly, back strokes and started dipping each other in the water and bobbing up dangerously.

Before long, someone pushed the prince down, drowning him in the process. He bobbed up and waved twice before being carried away by the current.

The other children were distraught and ran on the bank of the river their small hips shaking while their eyes popped in the sockets with shock. One of them exclaimed fearfully, "This is a tragedy! What are we going to tell the chief?"

The other child answered, "We should say a crocodile caught him. However, another child quickly objected. They won't believe the story because there are no crocodiles in this river."

Yet another boy suggested, "Then we should say it was a hippo that caught him." Again the other children objected: "This River has no hippos." They then started blaming each other on who had pushed the prince to his death. Finally, they suggested that they would accuse the dumb boy of having pushed the prince to his death.

They headed home in a queue but half way to the village, someone realised that the dumb boy was dry. The observer then commented,

"How is the chief going to believe us because the dumb boy is dry since he did not swim with us?" After thinking for some time, they realised the river was far away for them to make the dumb boy wet. They then got hold of the dumb boy, pushed him to the ground and urinated on him.

When the chief heard what had happened, he was so enraged that he sprang from his throne fuming. The children spoke in unison and swore that it was the dumb boy who had drowned the prince. The chief could not even speak well when he ordered for the arrest of the dumb boy's relatives.

Some of the villagers went to the river to retrieve the body of the prince while others went to grab the dumb boy's parents together with their relatives. There was mourning at the palace and the whole village mourned the dead prince.

There were two types of mourners though; those mourning the prince and those sympathising with the dumb boy's parents and relatives.

The angry chief failed to pass judgement on the dumb boy's parents and relatives. He decided to sleep over it and pass the verdict the following morning.

Xxxxxxxxxxxxxxxxxxxxxxxxxxxxxxxxxxxxxxxxxxxx

In the morning, the chief who was too aggrieved hurriedly passed judgement, "The dumb boy together with his family will have to die. They are to be killed one by one when I want. Today, the dumb boy himself should be killed first. The other day it will be his mother, another day his father Citi, then the others will follow. Take them away to the prison to await their deaths."

At the palace, there was a deaf man whom the chief liked assigning grave tasks like killing because he executed them speedily despite his handicap.

In return the chief favoured him by showering him with gifts more than other palace workers. It was this deaf man the chief assigned to kill the dumb boy. The deaf man was accompanied by an able bodied man called Kampinda.

The two took the dumb boy to the forest to kill him. When they arrived at the designated place for the slaughter, they tied his legs and hands before blindfolding the lad so that he could not see the blow of the axe that would end his life.

As they were fidgeting, behold a bird came down from a nearby tree and perched on an elephant grass nearby. Then the bird spoke,

"Don't kill this child. He has no case to answer. Whoever kills this child will be cursed for life!"

Since Kampinda could hear, he heard the bird's warning though the deaf man did not hear anything. Kampinda stood afar as the deaf man was about kill the dumb boy since he didn't want to take the blame of the killing and thus bear the curse. The deaf man struck the dumb boy with an axe killing him instantly.

Immediately Kampinda felt his heart skip a beat and his ears started ringing. Again the bird spoke to him, "It is you who has killed the dumb boy and not the deaf man. You people say it is the deaf man who can't hear. Now it is you who should be prepared for what will befall you. From today, you will be hearing everything. I told you not to kill the dumb boy. Since you can hear, you should have communicated my message to the deaf man through sign language to stop him from striking the boy. From now on don't reveal what you will hear to anyone. If you do, you will surely die." Just as Kampinda was about to open his mouth, the bird flew away and disappeared into the forest.

At the same time, Kampinda felt a new surge of consciousness overwhelmed him. He started hearing everything birds said. He started hearing the conversation of animals and other living and non-living things. His ears were unblocked.

On their way home, Kampinda heard a small grasshopper talking to another grasshopper, "You are really foolish. Why do you jump the other side whenever I jump up? You are just as stupid as human beings." The other grasshopper replied: "You really look down on me for comparing me to human beings of this world. Can you compare me to human beings who are so stupid?"

The other grasshopper answered, "Yes you are as stupid as human beings. Can't you see these two stupid human beings on the road?" Kampinda was so surprised to hear this.

When they arrived in the village, they washed in the medicine and prostrated themselves before the chief. Kampinda then spoke, "We have avenged your son's death as you told us Lord." Kampinda then left for his house and sat outside the house resting. He saw some chickens sleeping under a granary where it was cool.

When a boy passed near the granary a cock pointed at the boy with his wing and spoke, "This is the boy who grabbed my chicken, killed it, and ate it with his friends."

A hen commented, "The children of this village are cantankerous and unjust, especially this boy passing. He is a very bad boy who is full of mischief."

The rooster said, "Is it so. I thought our master Citi who kept us gave us away as compensation to your household. We thought it was the dumb boy who had killed the chicken though it turned out to be untrue."

The cock said, "No, it was that boy who passed here who killed the chicken. We saw everything with our own eyes."

The rooster said, "Then I will go back home to my master. The other chickens disagreed in unison: "You will just trouble yourself because they will bring you back here. Do you think human beings have got real brains? Just stay here. If you try to escape twice, they will eat you."

Kampinda who heard every word spoken by the chickens was gripped with fear. However, he could not reveal what he had heard to anyone. Later his wife Namukonda arrived and they started talking normally as human beings do.

CHAPTER 2

The following morning, the chief again assigned the deaf man together with Kampinda to kill the dumb boy's mother.

Great fear and guilt gripped Kampinda though he failed to refuse as he could not think of any plausible reason to say no.

In a confused state, he got up reluctantly. Together with the deaf man, they got to the place where the killing was to take place. As before, the deaf man tied the dumb boy's mother and readied himself for the killing. All along Kampinda was thinking of the best way to spare the innocent woman without putting himself in trouble with the chief. He realised he had very little time to moot a plan to save the poor woman.

The deaf man poised the axe to strike the woman. As he was about to strike, Kampinda grabbed him and through sign language gesticulated to him to stop. The deaf man stood still with the axe in his hands. In his mind, he thought he had not heard the chief's instructions clearly and thought since Kampinda could hear, he knew better.

The mother to the dumb boy was thus spared and taken back to the village alive. The chief was surprised and furious to see the mother of the trouble maker brought back home alive.

"Why have you brought back this woman alive?" the chief demanded angrily.

Kampinda replied, "Your highness, I had a dream in which it was revealed to me that these people should not be killed but be kept as captives to work for you. If we kill them, we won't benefit anything for the killing of your son. That's why lord we came back to ask if you still want to kill them."

On second thoughts, the chief replied, "Really, your reasoning makes sense. These people should be kept as slaves. They will be working at the palace till they die. However, if one falls too sick to work, then I will have no choice but to kill them. They will all be kept in prison and will only be released to go and work."

The mother to the dumb boy clapped and ululated in appreciation for the pardon. Then the chief sent some people to release the other family members from prison to brief them on the resolution to spare them from dying. They all clapped; the women ululated, the men bowed brushing their chins on the ground in appreciation. They were then taken back to prison.

CHAPTER 3

One day Kampinda was coming from the river where he had gone to fetch soaked fibre. He passed through the place where the boys herded goats. The boys had gone hunting for wild fruits; others were by the river side trapping birds with sticky white sap while others were eating wild berries from a tree.

Kampinda saw the untended goats sleeping under a tree. He heard the He goat talking to the She goat, "Get up all of you, let's go and eat millet."

The She-goat answered, "Wait. Let's rest first. The sun is too hot."

He -goat, "No, I am very hungry."

She -goat, "Masticate some of the food you ate and chew it. If you shake your mouth, your hunger will be tolerable. They say hunger does not kill one who eats even a small portion."

The he-goat was adamant, "If I start masticating during day time, what am I going to masticate at night. Let's just go and eat millet."

The she-goat, "No, let us spare the millet. We will eat it tomorrow on our way to this place."

Another goat put in, "Look at how silly this She goat is. She reasons like human beings. How do you know if the owners of the millet will bring it here to dry tomorrow? They might dry it at a place that we don't know."

The she-goat, "We can even eat dregs tomorrow when the owners of the millet brew beer."

He goat, "I now understand why you are being likened to human beings in stupidity. Do you know when they will brew beer? You will wait till you die. Can't you see how bold the boys of this village have become! Remember how that boy perched on a tree eating wild berries killed our friend with all of us watching."

The she-goat, "Please don't remind me of the sad incidence. That boy in a tree is very bold and heartless."

The other He goat and a She goat got up and spoke together, "What! When we saw our master Citi bring us here, we thought it was his dumb son who had killed the goat. So it is that boy eating wild berries in a tree! We feel for our former master for giving us away as compensation?"

He-goat, "Let's change the subject because it is a very sad one. You are asking how it happened as if you don't know the foolishness of human beings! I have to go right now and eat their millet. Even the beer they brew from the millet just makes them behave even more foolishly."

The other goats put in, "Let's all go and eat the millet! The owners will really be in for a rude shock."

Kampinda remembered what the bird had told him. The dumb boy was really innocent. His father had given away his chickens as compensation for an offence his son did not commit. It was really a big mistake to kill the dumb boy. Even the chief's son Mwanangwa was drowned by the same incorrigible boys eating wild berries.

He was really troubled by the revelation and realization that some innocent family members were languishing in prison. However, he was helpless to come up with a plan to free them.

He also realised that the knowledge he now possessed would continue troubling him since he could not reveal it to anyone else without risking death. He remembered the bird's warning. It was a sad situation!

Xxxxxxxxxxxxxxxxxxxxxxxxxxxxxxxxxxxxxxxxx

It was time to lop trees in preparation for cultivation of crops. One day Kampinda set off to his field to lop trees. He saw some trees that were good for loping and burning so that he could use the ash to fertilise the soil.

He started cutting a branch of a tree with an axe. As the branch was about to be severed from the tree trunk, it cried pitifully, "Oh I have been killed, poor me! I am innocent. I wanted to bear a lot of wild fruits for people to eat since there will be famine this year because it won't rain. Oh, heartless man you have no mercy!"

Kampinda was gripped with fear. He immediately stopped cutting, climbed down the tree and headed home.

That year he didn't lop trees to clear the field for cultivation. Instead he started buying food from nearby villages. He stored the food in his granaries. Others continued loping trees in preparation for cultivation.

One day his wife Namukonda started nagging and asked him why he was not going out to the field, "Why are you so lazy? Why have you continued begging for food when your friends are loping trees in preparation for cultivation? Is the food you are begging going to sustain us for a year?"

The husband answered, "This year I don't have strength to cut trees."

Namukonda, "At least you could be working slowly. You can't depend on begging."

Kampinda, "No my wife. Don't worry. We will survive on the little food I am storing."

The other villagers loped trees in preparation for cultivation while Kampinda continued buying food in readiness for the famine. Even when others called him for communal work in exchange for beer, he found an excuse not to go.

CHAPTER 4

Meanwhile, dumb boy's parents and their family languished in prison. Every morning, the deaf man would wake them up without eating and shepherd them to the chief's field to toil.

They would only retire home late in the evening tired, hungry and thirsty. After being given porridge, the only meal they ate, they would again be locked waiting for another day of routine toil.

They were really famished and only had a decent meal when the boys at the palace gave them left overs of thick maize porridge (*nshima*) through the prison windows.

The deaf man who was their overseer treated them harshly and ignored their pleas to fetch water when they were working in the field. He cruelly laughed off their request dismissing it as a joke.

CHAPTER 5

Kampinda gathered a lot of food through begging and buying filling three granaries and two storage wickers. Even then he still continued going to far away places to buy more food to prepare for the famine.

People in nearby villages got fed up of him, forcing him to go to distant places where one spent several days to reach. It took him one week to get back home.

On his way home, he was tired, thirsty and hungry. The heavy load he was carrying also weighed him down breaking him further. When he reached home, he found the door to his house was barred. He started wondering where his wife was. Was she out collecting clay, he thought.

He unbarred the door and got in. He unhooked a gourd from the wall and scooped some water which he drank before sitting down on a stool to rest.

He lifted his eyes up the roof and saw insects laughing. One insect spoke, "He has come. This stupid man of this house prides himself that he is married. His marital status is as good as being single. The woman of this house is adulterous. Whenever her husband leaves the house, the chief takes over."

The other insect joined in the conversation, "It is only that yesterday you were not around, you could have laughed your head off when this woman was making love with the chief. They made love the whole night."

The other insect cut in, "Oh is that the reason you were calling me. I was busy eating crumbs in a clay pot. They were very tasty.

That's why I didn't answer because I did not want to share the food with anybody."

The other insect commented, "You were just greedy. I wanted you to laugh at the vulgar spectacle that I witnessed. I pity this man because I know after resting; he will go to the palace to pay homage to the chief not knowing he is honouring a thief. Really, being a human being is a big curse!"

Kampinda was shocked. His heart started beating like a drum. He tried to compose himself but failed. Was the disclosure some bad dream he would wake from? He shook his head trying to wake up from the bad dream but realised he was wide awake. The insects finished talking and disappeared into the roof.

Xxxxxxxxxxxxxxxxxxxxxxxxxxxxxxxxxxxxxxxxxxxxxxx

When his wife the mother of Mukonda finally came back from grinding clay soil, Kampinda was still thinking about the insect's revelation.

Namukonda started welcoming him lovingly, "Oh, my dear husband, father of Mukonda, welcome home. It has been long since you left! It is good now that you are back to warm the house. Since you left, I dread night falls because it is so quiet.

The only sounds I hear are that of insects in the house disturbing my sleep the all night."

He did not acknowledge his wife's endearments. He had an urge to insult her but resisted the temptation.

Namukonda, "What is the matter my husband? Are you sick?"

Kampinda inwardly wondered how valiant his wife was to have the audacity to greet him and ask about his health in view of her infidelity.

Namukonda, "I was inside the village grinding clay. I can see you are hungry. Let me cook *nshima* for you. I nearly followed you but I woke up with a painful waist."

Kampinda continued being silent. He got out of the house so that his temper could cool down. He knew that if he continued sitting in the house looking at his adulterous wife, he would do something that would land him in trouble.

Namukonda busied herself with cooking *nshima*. She served the nshima with pumpkin leaves and went outside to call her husband to eat. She found that he was not there and wondered where he had gone.

A boy who was outside the house told her that her husband had been called by someone in the village to a beer party.

Namukonda, "How can he go out to drink beer without eating? It is not good for one to drink on an empty stomach."

She went back to the house and covered the food to keep it warm. She then decided to go to the river to fetch water before it got dark.

Kampinda enjoyed himself at the beer party. He got carried away in discussions, songs and drinking and somehow forgot about his predicament. He even laughed at some jokes. Beer sometimes is good for a troubled soul.

Namukonda joined him and instead of enticing him to go home to eat, she joined him in drinking. They left the drinking party late at night when the beer was almost finished.

After closing the door, Namukonda again asked her husband to eat, "Eat the food before it gets cold. I covered it to keep it warm."

Kampinda, "I can't eat your food because each time I go out you sleep with other men!"

His wife, "What did you say? Are you drunk?"

Kampinda, "I am not drunk. I am very sober and know what I am talking about. Do you think I am a fool?"

His wife, "Is that what someone told you at the beer party. You were talking about me all that time you were out! Whatever they told you is untrue. How can I develop a habit that I have not grown up doing? We have lived together for many years, have you ever caught me sleeping with another man? The people of this village hate me that is why they are accusing me of being a slut."

Kampinda, "Shut up! You know what I am talking about. I can even mention the men you sleep with."

Namukonda, "I dare you to mention them then! You should also reveal who told you so that they can prove their accusations."

Kampinda, "Just admit and tell me who came to sleep with you here maybe then I can forgive you for your honesty."

Namukonda, "You will burn in hell because of you suspicion. If you could enter my mind, I could have allowed you to do so for you to realize that I am speaking the truth. You will really burn in hell."

Kampinda, "This woman is no different from the devil who quotes verses from the Bible to convince people. She even has the audacity to say I will burn in hell! It is you who will burn in hell for refusing what you do. You are the worst cunning woman I have ever met."

Namukonda, "I can't confess because you are merely speculating. I have challenged you to mention the people who told you that I am sleeping around. I saw the people you were drinking beer with. If it is the food that you have stored in your granaries that they want, they should go ahead and bewitch me so that you marry them and eat the food."

Kampinda, "Woman, listen. Don't go mad. You are merely exposing you hardheartedness before me. I can't stand your cantankerous behavior. I now understand that you were responsible for the death of our child Mukonda. It is you who infected her, you bitch"

Namukonda, "I am going back to the beer party to insult whoever lied to you about my infidelity. Let them bewitch me so that I can follow my child to the grave. They are full of lies."

She started crying and went to open the door. Her husband held her back and told her not to go out and insult innocent people.

However, she was adamant and dashed out of the house shouting insults. Her husband chased her and slapped her in the face forcing her to shout more insults.

People woke up to shouts of insults. There was a sizeable gathering. Kampinda was confused and grabbed the wife slapping her in the face. He threw her to the ground. She hit her face on the ground and sustained a deep cut on her forehead. She got up and ran to the palace bleeding.

When she arrived at the palace, she whispered something to the chief but nobody else heard what was said. Kampinda went back to the house but could not sleep because of the truth he had just discovered from the insects.

The insects laughed the whole night. One insect spoke, "Finally, the irritable woman of this house has been taught a lesson."

The other insect commented, "That is the same punishment we will be meeting on some of you because you want to eat crumbs in a clay pot without calling others."

Another insect said, "I will follow the woman to the palace to hear what lies she is telling the chief!"

In the morning, an emissary from the palace knocked at Kampinda's house summoning him to the chief for what had happened the previous night.

At the court, Namukonda explained how her husband had accused her of being unfaithful and explained how the accusation escalated into a beating.

The chief asked Kampinda, "What led to you to beat your wife? Did you prove that she is adulterous or someone told you about her infidelity?"

Kampinda, "Nobody told me that she is cheating on me. I just know that my wife sleeps around whenever I go out!"

The Chief, "Any case should have a witness. You cannot just start beating your wife senselessly and hurting her without proving that she is adulterous. Just tell this court who told you about her infidelity. In Bemba, we have a saying that one man cannot achieve much and needs the assistance of others."

People in the audience, "Really, your Highness!"

The chief continued, "Just tell the court who told you of her infidelity so that we can pass fair judgment. Name your witness. He should also mention other culprits so that we give them a case to answer immediately."

Kampinda, "I wouldn't trouble myself doing that. All I know is that my wife Namukonda is not faithful. Even here where we are I don't think there will be justice, since the person who is supposed to pass judgment is the culprit."

Chief's adviser, "Listen to what this man is saying about the chief. You were drank when you beat an innocent wife. Now you can't even testify properly in court."

The chief, "Look for whips to beat this man. This enemy will bring trouble to our village."

The people started whipping Kampinda. They beat him severely and later gave him his wife warning him to drink responsibly.

When the insects from the palace met insects from Kampinda's house in a clay pot to eat crumbs, they laughed at the foolishness of human beings.

CHAPTER 6

One night, the chief's second wife with whom he had borne the dead prince Mwanangwa fell sick at night. She had a splitting head ache and vomited non-stop. Her nose also ran continuously.

They tried different types of medicine to cure her but all in vain. At sunset, she got worse sending everybody at the palace in panic. Visitors went to the palace to see the patient fearing for the worst.

The house could not contain all the visitors. Some stood outside because the chief refused to take the patient outside where other commoners died.

Medicine men tried all kinds of herbs they knew but to no avail. The chief's page ka-Lesa was sent to distant places to get medicine from witchdoctors but no herb could cure the patient.

Finally, the patient was in death throes making everybody at the palace excited. There was silence putting the palace and the whole village on edge. Even when a suckling baby cried, the mother would push her breast in the mouth to silence it.

In the house where the patient was being nursed people observed total silence. Nobody made any noise, not even with their footsteps.

When such a calamity comes, people show solidarity by sympathizing with one another. In the patient's house was Kampinda who was recently whipped for beating his wife on false charges. He was quiet like others looking up the roof admiring how the poles were expertly entwined with reeds for the roofing.

He saw two rats come out of an opening and follow the edge of the roof till they reached the end of the rope. They moved down the roof and entered a pouch that was above a shelf.

Kampinda heard one rat telling another, "Here are some dried caterpillars. Let's eat all of them so that the owner will be in for a rude shock."

The other rat answered, "The caterpillars are very tasty. Let's leave some so that we could help ourselves later."

The other rat objected, "The one who keeps, keeps for others. Again there is a saying that the one who waited to eat the following day had his back burnt. How do you know, maybe the owners might move the caterpillars elsewhere? Let's just have a feast today."

The other rat laughed, "Though they say the one who waited to eat the other day had his back burnt, you will have your whole body burnt. If we finish all the food in the pouch, we will be too full to climb up the roof. We will fall in the fire and get burnt!"

Kampinda burst out into a deep and long laughter. Everybody in the house was surprised and turned in his direction. The chief was equally surprised.

The chief spoke out his indignation, "Here we are keeping company to our sick friend who is about to die. How can anyone find anything funny to laugh at? So our friend finds what we are doing funny?"

People (*addressing Kampinda*), "Indeed tell us what is funny?"

Kampinda, "I didn't laugh at anything."

The Chief, "You didn't laugh at anything? (*turning to people in the house*): didn't you hear this man laughing just now?"

Everybody, "Your highness, this man is a wizard there is no other explanation. Who can fail to tell the ways of a wizard! We take it this man is also responsible for the patient's suffering. He is laughing because he knows that his animal is about to die!"

Kampinda, "I am not a wizard."

People, "Then tell us why you are laughing?"

Kampinda became uneasy but refused to explain why he had laughed knowing that doing so would be his end.

Then the chief spoke in a soft voice, "Kampinda, you thought the punishment we gave you when we whipped you was unfair. Now you want to avenge the beating by bewitching my wife, you commoner. It is good that you have exposed yourself. If my wife dies, you will also die! I want you to lift the spell of sickness that you have cast on her."

Then the chief turned to the people, "Hold the wizard right now and take him to prison. Put him in a room alone and lock the door. Put him in a small house in the south end. If my wife dies, you should burn the house so that he dies inside."

The people got hold of Kampinda and dragged him to prison furiously slapping him.

In prison, he started recounting his suffering and realized he could not bear them anymore. He chose to die rather than endure what he was going through. He realized that his end was near because the chief's wife was too sick to recover.

However, he feared the way he was to die. Being burnt alive was a terrible way to die. He thought dying from breaking the vow that he made with the bird was better.

He thought that he would reveal everything before he was killed. I will reveal why I laughed. I will reveal who killed the chicken and the goat. I will also reveal what the bird said on the death of the dumb boy maybe then the chief will release the dumb boy's family.

He wanted to shout, but the lump of sadness choked him. He bowed down and started crying. He thought of crying for himself knowing nobody will mourn him if he was burnt alive.

Outside, it got dark. He tried to shout so that someone could come to enable him reveal what had happened and die because if he didn't do that he would be burnt to death alive.

At that time, different types of birds were migrating from Europe to other parts of the world. They were migrating to distant parts of the world where the rainy season was imminent.

In the darkness, he heard a bird singing in a tree outside: "*Phlebotomous fever*! *Phlebotomous fever*!" He listened carefully to understand the words but failed.

This surprised him because he understood everything spoken by animals and birds. How come this time the message from this bird was indecipherable?

He tried to imitate what the bird was singing by whispering. What is this fulebotomous five the bird is singing about? He wondered. (*There is a disease called Phlebotomous fever*.) Though this disease usually doesn't kill a patient, it has very severe symptoms. Maybe that is what the bird was trying to communicate to the captive).

The bird continued singing Phlebotomous fever without stopping. It sang beautifully. In the process of deciphering the meaning of the song, Kampinda fell asleep.

Xxxxxxxxxxxxxxxxxxxxxxxxxxxxxxxxxxxxxxxxxx

When he woke up, it was dawn. He woke up just in time for the chief's emissary's opening of the door to his hut.

The emissary, "You are really a wizard who knows how to bewitch and how to cure. Come right now, the chief wants you."

When Kampinda went outside, he found a group of people gathered at the palace. He then saw the chief's wife who had been sick seated with her friends. She was helping women who were shelling groundnuts and flung some of the nuts into her mouth!

He was brought before the chief who without saying much hastily passed judgment, "I have realized you have greater powers. If I had not warned you, my wife could have died. I am asking you to leave my village and take your witchcraft elsewhere right now. All your property together with the food in your granaries will be taken to a place of your choice. All I want is for you to leave my village."

Kampinda was very happy to hear the chief's verdict. He was very happy to be alive though he did not understand how the chief's wife had recovered.

They also released the dumb boy's parents and relatives. Together with other villagers, the prisoners took Kampinda's belongings and food to his new home. They were supervised by the deaf man.

Since he had not prepared himself to leave the village, he didn't know where to go. He chose to live in the mountains where he used to camp when farming. That's where they took all his belongings.

His wife refused to join him. She said she could not live with a wizard and instead decided to divorce him. Kampinda did not care much about his disloyal and unfaithful wife.

It took the porters the whole day to transport Kampinda's belongings and food. They finished transporting everything in the evening and locked the dumb boy's relatives in prison.

Now that she was alone, Kampinda's former wife had more time to be with the chief. The chief assured her that he would provide everything she needed for her upkeep. The woman was happy since she wasn't going to lose anything now that her husband had been banished from the village.

CHAPTER 7

The villagers were surprised at the prolonged summer. It was abnormally long without any sign of rain. There were no signs of rain clouds that usually heralded rainfall.

They had already finished loping trees and burnt the ashes in preparation for cultivation. The wind started blowing the ashes. The rain bird chirped but there was no sign of rain.

Since people did not count months as we do today, they lost count of which month it was. Was it November? No, they were in March yet there was no sign of rain.

They finished eating the food they had stored in the granaries. They started going into the bush to collect semi-poisonous fruits which they ate. That year there were no edible wild fruits to eat. Even at the palace, there was shortage of food.

The chief had difficulties feeding his mistress Namukonda. The other wives at the palace started complaining that food was being wasted on Namukonda whom they were also jealousy of. Some days she went hungry since the chief could not afford to feed her although he loved her dearly.

The famine got so serious that the chief even thought of killing the dumb boy's family because he had no food to give them. He didn't have porridge to give the captives. The main reason he kept them though was because they used to collect wild fruits for the chief.

One day, Namukonda was very hungry and started thinking about her former husband. She thought of visiting him to get some food even if everybody in the village had condemned him as a wizard.

It was the chief who fooled me to divorce my husband, she thought. Now he has failed to look after me. It is also the chief who is the cause of my husband's banishment. If I had not misbehaved with the chief, I would still be married to Kampinda. I was the cause of the beating of an innocent man. Again, how did my husband know about my infidelity? Maybe it is people of this village who told him. However, I don't think there is anyone in the village who knew what I was doing with the chief at that time. Maybe this time when his other wives have started suspecting we are having an affair, not that time. How did my husband know? The chief mistreated him by beating him because of his wife. These chiefs are unjust. Maybe that is what made him laugh when he saw the wife of his enemy dying. All of us rejoice when we see the people we hate suffering. I made a mistake for not following my husband. They say in-laws are like a neck, you scratch it twice. There is also a saying that a beast that knows you won't maul you. It is only my husband who has food in this region. I should go there and try to beg for some. Is he going to chase me? No, he won't chase me because I think he is also lonely. I should go and get some food before I die of hunger.

In the morning, Namukonda set off for the mountain carrying a basket over her head. When she neared the mountain she started planning what endearments to entice her husband with.

Kampinda's camp was at the foot of the mountain. Namukonda arrived, but gazing at where her husband was she discovered he was stark naked. He was sitting on a rock, sun bathing as he scratched himself. He was hearing the conversation of the birds in a tree.

When he saw his wife, he never bothered to cover himself. He saw the basket and knew it was hunger that had brought her to his camp.

Namukonda, "Oh, my husband father of Mukonda. You have lost weight. There is dandruff all over your body. You have even abandoned dressing. How are you! It is not good to be short-tempered. I am your wife, you first wife. You should change your mind so that I can come and start cooking for you here. We women don't have brains. It is you men who look after us. Can't you see I have failed to live in the village because my heart is burdened? That is why I have thought of visiting you here in the mountain lest beasts of the forest trouble you.

Kampinda turned around and looked at his wife shaking his head: "Now you have realised that I am your husband!? This is when you have realised how the world is? You rejected me before everybody in the village. Is this the time you have realised that your first husband is the real lover? Eeh, this is when you have realised? How about the beer in the village, don't you drink till dawn every day? The harvest of maize and edible gourds, aren't you having bountiful yields? It is me who is hungry. The millet is rotting in the granaries and storage wickers since I don't have anyone to brew beer for me."

Namukonda, "Hmm, father of Mukonda can't you hear what I am saying?"

Kampinda, "No, no whenever I went to look for food, you started sleeping around. Maybe you haven't experienced enough of the world. Go back and gain experience because I am stupid and you are intelligent. I am blind and you are sighted. I say go back! Study the world! Go and study it! You should be very observant!"

Namukonda was speechless. The person she would have loved to talk to was stark naked and his speech was philosophical and unfriendly.

She started heading home hungry and shamefacedly. However, in her heart she had faith that maybe her husband just wanted to punish her and would take her back if she behaved herself.

She decided not to tell anybody about her visit. She knew everybody would laugh at her because she had denied her husband publicly.

She started sobbing and when she was about to wipe tears from her left eye, behold she could see through objects! Her newly-acquired powers enabled her to even see through trees and ant hills.

She looked at the ant hill and saw through it. She saw elephant grass on the other side of the ant hill. She could see everything near and far.

Her eyes saw through a tree and saw the ground and in order to be sure she was not dreaming, she closed her right eye and discovered that it was only the left eye that had powers to see through objects.

She looked back and saw through a mountain and saw monkeys on the other side playing. It was like she was going insane. She sat down but her powers were still present.

She got up and headed home. She heard some rustling. It was a mongoose entering a hole in an ant hill. She could even see it in the hole and where the animal slept. She then saw a carcass of an animal lying on the other side of the ant hill. She plucked up courage and got a small hoe ensuring there was no beast nearby.

She got near to the carcass only to notice it was a wildebeest that had died with its young in the womb. She started cutting the meat with a small hoe? She spent some time and got enough meat to fill the basket. She decided to go back another time with a knife.

From a distance, she saw the village and thought of ways of hiding the basket of meat. When she got near the village she walked hurriedly.

She arrived in the village and her eyes went through to the end of the village. In one house, she saw someone cooking *nshima.* She was surprised to realize that despite the famine, there were families with mealie meal! The hunger overwhelmed her. She headed towards the house where they were cooking nshima and thought of battering her meat with nshima.

She got to the door of the house and called out, "Anybody there? How is everybody?" She saw a woman who was cooking nshima hurriedly grab a small clay pot in which she was cooking the food and hid it away.

The woman who had hidden the nshima then went out quickly to answer the greeting, "How are you….this hunger has even blocked our ears. We have not eaten anything for three days. Even tonight, we are going to bed without eating anything."

Namukonda was surprised to hear this. This woman is denying having eaten anything when I can even see the *nshima* in the pot over there.

She then bid farewell, "I just passed by to greet you. Goodbye."

The woman, "Thanks. This year we will die of hunger."

She passed another house and saw a small pot on the hearth. The family was preparing a cock which they were going to eat without nshima.

She thought of heading towards the house with a view of asking for some chicken to eat. She wanted to test the family's generosity so that she could go with them to the bush to get the remaining meat the following day.

She got to the door and called out a greeting, "How is everybody here?"

The woman of the house answered, "We are really famished. Hunger is asking us to eat fire!"

The wizard's wife, "You are lucky since you even have something to cook in a small pot. We the single ones have even put out fire on the hearth."

The woman of the house, "Hunger has really confused us. We are cooking wild fruits that children picked in the bush. I can even remove the lid from the pot for you to see. This hunger won't spare us. See now we are cooking wild fruits!"

Namukonda laughed together with the woman of the house the way women laugh when something amuses them.

Namukonda finally went home hungry. But, she learnt a lot about people's dishonesty. Whenever she looked at people, she could even see what was inside their stomachs and tell who had just drunk water since morning.

When it got dark, she went back to where she had hidden the basket of meat in the bush. She had problems to enter the village because she saw many people passing.

She could even see those who were behind houses. In her mind she thought they could also see her. After dodging several houses, she finally entered her house with a basket of meat. She started roasting the meat so that she could eat quickly because she was very hungry.

The unmistakable smell of the meat filled the village. People started sniffing the air to locate the source.

One villager commented, "Someone is roasting meat. Where is the smell coming from?"

Namukonda saw people heading towards her house. She felt it was folly to continue hiding the meat. She got the meat and shared it among her visitors. They ate the meat and rejoiced leaving only a small portion for the owner. She then retired to sleep.

Xxxxxxxxxxxxxxxxxxxxxxxxxxxxxxxxxxxxxx

News reached the palace that Namukonda had distributed meat among some villagers. In the morning the chief's page ka-Lesa arrived at Namukonda's doorstep, "The chief wants some of your meat." She got the remainder of the meat and gave it to the chief.

She then went out in the forest to carve the remaining meat from the carcass. This time she carried a sharp knife which made her task easier than before.

She loaded pieces of meat in a basket and went back home. This time she entered the village in broad daylight. She put some meat in a small pot to boil.

The first woman to visit her house was the woman who had hidden nshima when Namukonda had knocked at her door. The second was the one who had hidden the cock and lied that she had been cooking wild fruits.

The woman who had hidden nshima started the conversation: "You told me that you single women were having it hard; now see your husband who was banished in the mountains is giving you some meat. It is us with husbands who are dying of hunger. Look at your child here. It has cried the whole night because of hunger, so I thought of coming to the mother to silence the child!"

The woman who had hidden the cock spoke, "My child Chanda ate the piece you gave me and refused to share the meat with the other children. The other children cried the whole night because of hunger and asked me to get them some meat. That's why I have come here because I can't fear my own friend. Did your husband Kampinda kill this animal in a pit trap? Isn't your husband suffering in the bush since he is alone?"

When Namukonda remembered how one of the women pleading for food had hidden nshima while the other had lied that she was cooking wild fruits when it was a cock, she was very angry.

However, she controlled her anger and shared the meat between the two women without saying anything. The two women were contented and put the meat in small baskets and left. She looked at them as they left almost cursing the pair.

Before the sun could set, the meat was finished because she could not hide any. She failed to hide the meat because according to her nothing was hidden.

The chief rekindled his love for her because of the meat which he ate with abandon. He was happy that his old friend cared for him. When it was dusk, the chief would visit her and find her roasting meat. The woman would give him some meat to eat.

After eating, the chief would ask, "Let's do it now." The woman would look through the wall and see people passing nearby. She could see others even brushing against the grass of the roof top. She would then refuse, "No please. We can't do such a thing in the presence of all these people!"

The chief, "Where are the people? We are alone in the house?"

Namukonda, "There they are! They are passing near here! There is even a child looking inside here!"

The chief, "Where are they? We are inside the house!"

Namukonda, "Look at that one whistling; there he is heading towards us! Now he is heading inside the village. I think he knows. No your highness. I can't do it. I can't."

The chief was surprised. Of course, he heard someone whistling but he could not see the person. He could not see the people Namukonda was seeing. He got furious and let go of her concluding that she had smoked dagga. He got out of the house and left thinking that the woman would regret after the effects of the drug had subsided.

CHAPTER 8

Nothing was hidden from Namukonda's sight. Whenever she went out to look for wild fruits with other women, she collected more than others together with meat.

However, her food finished quickly because since nothing was hidden before her sight, she also never hid anything from others.

She inwardly pitted those who had food but hid it. They were exposed to her and she considered them evil because she knew when they were lying.

The chief never stopped making advances towards her. From time to time, he would attempt to sleep with her like he used to do in the past. They say a person who uses an old bridge drowns.

Whenever the woman looked up, she could see people watching and she didn't want to be exposed. The chief decided to lure Namukonda to his abode reasoning that since the palace was surrounded by a fort maybe there she wouldn't imagine seeing imaginary people.

However, since the palace was more crowded than her home, Namukonda was even more adamant in giving in to the chief's demand.

One day she went to collect firewood. The chief saw her looking for fiber to tie a bunch of twigs together. Just when she was getting out of the village, the chief got out of his throne and gave the water pipe to his page boy Lesa, God the almighty to carry. He asked the page to accompany him in the bush for a walk.

The chief followed Namukonda at a distance. When he saw her bend down to pick some firewood, he asked his page boy Lesa to remain behind and make no noise.

The page boy remained behind with the water pipe. Before the woman could bend down again, the chief arrived and spoke, "Are there people here for you to fear. Let's do it."

Namukonda looked up; her eyes peered through the forest and laughed, "Though there are no people to see us here, the page boy, God the almighty is standing there with a water pipe. He can even see everything we are doing!"

The chief, "You are mad. How can you fear such a small boy?' What can he do?"

Namukonda, "He is not small. He is God the Almighty!"

The chief was furious; he left in rage and forgot his royal staff.

CHAPTER 9

The famine in the village intensified. People nearly ate the skin hides. Since the chief got food from Namukonda repeatedly, his wives at the palace started suspecting he was having an affair with her.

One day the chief's first wife quarreled with Namukonda because of jealous. Since she knew that she no longer slept with the chief, Namukonda swore to the heavens, pleading her innocence.

The chief's first wife did not believe her. Namukonda swore, "You have accused me wrongly; Lesa, God almighty is my witness because he knows everything!"

xxxxxxxxxxxxxxxxxxxxxxxxxxxxxxxxxxxxxx

The same fateful day in the evening, the chief's first wife went out to the river with others. They found Namukonda drawing water from the river.

The quarrel ensued again. The chief's wife and her friends started insulting her. They accused her of being a whore. While they were quarrelling, the chief's first wife headed for the ant hill to pick wild vegetables.

Namukonda looked up and shouted, "Come back. You will be bitten by a snake!" The chief's first wife ignored her because she could not heed the warning from her enemy.

Namukonda insisted, "Come back. You will die soon. There is a big snake where you are going!"

The chief's first wife turned and hurled an insult at her, "Then it is you, who will bewitch me, you wife of a wizard." She bent down to pick wild vegetables. Just then a snake slid out of the hole and bit her on the shin. The chief's first wife stood still.

She shouted, "I have been bitten!" She started running towards home but fell in the field. Just when the sun was setting, she breathed her last.

The other chief's wives had already narrated to the chief explaining how Namukonda had cursed the chief's first wife predicting that she was going to be bitten by a cobra. They grabbed Namukonda and locked her in the hut where they had jailed her former husband Kampinda.

The chief pondered his predicament inwardly. He had no powers to pardon her. To him the woman was evil and paranoid. She feared everybody else including Lesa, the page boy. In the past he remembered how they used to get along.

He concluded that she wanted to reconcile with her former husband. He was the one who was now giving her meat that she shared with other villagers. Even the evil powers to bewitch my wife were gotten from her former husband. They had agreed to release a snake to bite my wife. The former husband had attempted to kill my wife. Now he has given his former wife witchcraft to kill my wife. My son is dead, now my wife is also dead. I would never forget the loss till I die. It is better to kill both of them so that I can forget about everything. Whenever I see the dumb boy's family, I remember my son. I want to forget, I want to forget! If I forget about all this troubles I will be pacified. However, I will only forget if I kill both of them, Kampinda and his wife Namukonda. Citi and his family should also die, that is when I will forget about all my troubles. I want to forget, not till I forget! There is no other way I can forget such tragedies apart from killing them.

The chief got a water pipe from Lesa, and started smoking. He spoke to Lesa: Child, I want to forget. When these enemies perish, then I will forget quickly!'

Lesa answered, "Lord, do you want to forget. Let it be."

Xxxxxxxxxxxxxxxxxxxxxxxxxxxxxxxxxxxxxxxxxx

In the morning, some villagers went to the burial place to bury the chief's first wife while others headed to the mountain to arrest Kampinda.

They found him sitting on a rock stark naked, sun-bathing. He was listening to the birds. They surrounded him and started addressing him: Really, a person who walks naked is a wizard!

They grabbed him and dragged him to the village. When they arrived back home, they took him to the palace and narrated to the chief how they had found him. The chief chastised him while the villagers jeered.

This time Kampinda was sure that he was going to be killed. He had also heard that the chief was planning to kill Citi and his family.

He was the only one who knew that the family was innocent. He thought of revealing the truth so that he could die and not be killed at the hands of the chief. He concluded that maybe if the chief knew that Citi and his family had no case to answer he might free them.

He did not care about dying since he knew that he was responsible for the death of the dumb boy. He pondered that if he had had mercy he could have communicated to the deaf man not to kill the dumb boy. He thought he deserved to die. He decided to reveal everything and end it all whether they believed him or not.

There was a large gathering at the palace. They all wanted to hear the verdict the chief was going to pass on Kampinda and his wife. Among them were children of the village. The only family that was not present was Citi's family which was locked up in prison since it was also to be killed.

The chief had already passed judgment in his heart to kill all of them. He did not even bother to hear their defense the way unjust judges pass judgment on earth.

The chief mockingly asked the wizard, "Yes my good friend, let's hear your story if you have anything to say so that we can release you to go and rest. We will also forget about the whole issue."

Kampinda stood in the open. They asked him to sit down and not stand over them since he was a wizard. He sat down. When he was about to start talking, the chief remembered his royal staff.

He sent his page boy Lesa to collect it, "Child, go and fetch the royal staff where I went with you."

He did not send any other person because it was only Lesa the God almighty who knew the place. The page boy got up and ran to the forest to look for the royal staff.

Kampinda started preaching: "Listen chief, when you sent us to kill the dumb boy this is what I heard…I started hearing the chickens told me this and that…even the child who killed the chicken is this one. Kampinda pointed at the child. He continued: I heard the goats saying… The boy who killed the goat is this one! When I went to lop the trees, I heard a branch talk to me… and this is what it said. I knew about the famine that is why I didn't prepare my field. As you can see, it hasn't rained. We can't even talk about hunger since you are all hungry. I am the only one who has eaten food. When your wife fell sick it is not me who bewitched her. I laughed at what the rats in the pouch of caterpillars were saying. You grabbed me and imprisoned me and decided to burn me in the hut. I wanted to reveal everything but a bird distracted me sending me to sleep.

The chief, "What did the bird say? What did it tell you so that we can also understand what it said?"

Kampinda, "It said Phlebotomous fever!"

When the people heard Phlebotomous fever, they burst out laughing. Then the chief spoke: "Now explain what that fulebotomous fifa is all about." Kampinda could not explain because that was the only word whose message he could not decipher.

The people concluded that he was a liar. They asked him to explain how he could hear birds talking and yet fail to explain what they were saying. Other villagers confessed that though they could all hear birds singing they could not understand the meaning of their songs.

Kampinda continued talking, "Lord, you accuse me of being a wizard because I don't wear clothes where I live in the mountains. You are also hurrying me to explain everything so that you can forget. You forget that when one is alone, they don't think of wearing clothes."

The chief, "What else did the bird tell you? Tell us, we want to laugh some more."

Kampinda, "The bird didn't say anything else. I didn't even know the meaning. However, I hear what other birds say." (*Maybe that bird came from the Institute of Tropical Diseases in Liverpool*)

Kampinda continued explaining, "When I beat my wife, insects in my house revealed to me that it was you the chief who was sleeping with my wife, Namukonda sitting here. Despite taking my wife you unjustly whipped me. You are a very unjust chief. Release Citi and his family. You are a rogue!"

Just then Kampinda stopped talking and clung to the ground. The people started laughing at him commenting that he had planned to tell lies to save his neck. The chief did not care about what Kampinda had said since he had already planned to punish him by killing him.

They asked the wife Namukonda to tell the side of her story.

Namukonda started explaining how she had gained powers to see everything. She exposed villagers who hid nshima and others who lied that they were cooking wild fruits when it was a cock. She also explained how she had seen the snake that killed the chief's first wife the previous day.

She explained everything revealing that her eye could see through objects. She told them she could see inside their stomachs. She pointed at some women who had eaten. She then pointed at women who were pregnant and explained the sex of the babies in their wombs and the woman who was to bear twins.

She finished and clung to the ground. The people laughed heartily at the spectacle, dismissing her narration as lies. They concluded that the two were saying these things because they knew the chief was about to punish them.

The chief ordered people to take them away and kill them so that everyone could forget about everything.

Just then everybody forgot about what had happened. Even the chief forgot what had just happened. Nobody even noticed Kampinda and Namukonda's corpses. They forgot everything. They all got up together dispersing. The chief also got up and left.

They all forgot their homes. The married men forgot who their wives were. They also forgot their children. They also forgot their names. The married women also forgot who their husbands and children were. They even forgot their homes.

Even the chief forgot that he was a chief. He even forgot about the case he had been trying. He wandered in the village and entered a hut where children slept mistaking it for his home.

The children had also forgotten. They all forgot everything. They even forgot who bore them. They even forgot the children they had borne themselves. They even forgot the well where they drew water. They even forgot in what state they had been in the morning. They forgot about the previous day.

When Lesa God the almighty went back to the village from looking for the chief's royal staff, he was surprised to find people acting as if they had run mad.

He saw the father of Mwansa calling the mother of Chomba his wife. The father of Chanda was calling the mother of Mulenga his wife. The mother of Bwalya was calling the father of Mwila her husband. The mother of Katongo ignored her husband the father of Katongo while the father of Bwembya refused to hug the mother of Bwembya and instead hugged the mother of Chileshe.

Like their parents, the children were also confused. They failed to recognize their parents. Lesa was surprised to see the pandemonium. He thought maybe people had drunk some intoxicating substance.

He got the royal staff and put it in the hands of the chief but the chief could not recognize him. He threw away the royal staff since he did not know its significance. Lesa picked it up and started keeping it.

When it got dark, the people slept in the house where they had wandered, houses which were not theirs. Lesa thought maybe the following morning their heads would clear.

In the morning the people were still confused. They had forgotten all about the previous day. They were only conscious of what they were doing that particular day. They didn't know anything that had happened previously nor cared about the future.

Lesa observed the people for two days and realised that something was seriously wrong with them. He tried to remind them about the past but they could not remember anything.

It was only Lesa who was in his right senses because he did not attend the court that tried Kampinda and Namukonda.

He remembered the prisoners. He went to investigate if the chief had killed them as he had planned. He opened the prison and discovered that they were alive. However, they were emaciated with hunger.

He could communicate with the prisoners because like him they had not attended the court hearing.

He started explaining how confused the people were. They found out that everyone had got their own prison. No one remembered that Citi and his family were prisoners. Even the chief forgot about his chieftaincy. Citi and his family together with Lesa took the bodies of Kampinda and Namukonda and gave them a decent burial.

Then Lesa, God the almighty took the royal staff and gave it to Citi and told him: You are the oldest here. Look at how confused and forgetful the people have become. Help them; they have forgotten all roads they previously used. They can't even remember the way to the well. Guide them. You should also guide them on how to work because they will die of hunger if they continue living like this. Look at how their marriages have broken down. Everyone is mistaking their husbands and wives for someone else. Look after them well. Don't be short tempered because these people are now in your hands. It is not easy to lead people. Usually people are wayward and will always go against your directives. You are the oldest. I am an orphan, I have no father. You are now my father, you are now the great. I have given you the name of father because you will be looking after me. If there is a problem, I will explain it because I know everything.

Citi started praising himself with his newly-given name, "God has given me his father's name. My new name is Citi the Great. God has also given me a royal staff."

After eight days, Citi gathered the forgetful people together with his family members and told them, "People, you should know me. I am Citi the Great. I am your chief. My leadership was given to me by the almighty God who knows everything. He is the only one who can get the royal staff from me when he wants. I will be guiding you on what to do so that there is harmony and peace."

Only Citi's family members got the message. The others didn't know what he was talking about.

Citi was worried because he knew the people would die because they could only remember the past. They also did not know what to do and what not to do. Their brains were very limited. Citi, his family and Lesa were the only ones who knew how to look for food.

They thought of going to Kampinda's camp to collect food for the people to eat. They were worried when they saw that people had started killing and eating one another.

CHAPTER 10

One day, Citi and his family set out to Kampinda's camp carrying baskets to fetch food for the people. Lesa remained in the village looking after people to check what they were doing.

The people were hungry. They killed Lesa God the almighty and ate him leaving only some little flesh. Immediately, their forgetfulness disappeared.

They came back to their senses. They however, forgot what they had eaten. They forgot that they had eaten God. They even forgot how God looked. They even forgot where he had gone.

Citi and his family came back carrying baskets of millet. They were tired and hungry. They found some flesh and thought it was meat from some animal the people had picked. They also ate some of the flesh after roasting it.

They waited for a long time but there was no sign of God. The people in the village started asking each other about the whereabouts of God. Nobody remembered where God had gone or how he looked.

Each person pointed where he thought God had gone saying I saw God head in this direction. Some pointed to the mountain. Others thought he had gone to the river. Yet others thought he had gone to the anthill. Some villagers sought him in big trees. To remember well, others looked skywards.

It got dark and yet people were still looking for God. Even the following morning, they continued looking for him. Those who thought God was in the mountain went to seek him there. Others who thought he had gone to a big tree, looked for him there. Yet others looked for him in the anthill. Others remained in their houses facing upwards.

Others who thought God who had gone in the bush was hungry carried maize meal with them. Some carried chickens, while others carried other gifts.

Everybody including Citi and his family could not remember well how the all mighty God looked or where he had gone.

The fact that God was in their stomachs; they acquired powers to know about the previous day and the following day. They acquired powers to know what to do and what not to do. They also acquired powers to do what they were supposed to do and what they were not supposed to do.

However, they rarely do what they are supposed to do! At the same time it is not always that they do not do what they are supposed not to do!

End…

Mmap Fiction and Drama Series

If you have enjoyed *Pano Calo/Frown of the Great* consider these other fine books in **Mmap Fiction and Drama Series** from *Mwanaka Media and Publishing:*

The Water Cycle by Andrew Nyongesa
A Conversation..., A Contact by Tendai Rinos Mwanaka
A Dark Energy by Tendai Rinos Mwanaka
Keys in the River: New and Collected Stories by Tendai Rinos Mwanaka
How The Twins Grew Up/Makurire Akaita Mapatya by Milutin Djurickovic and Tendai Rinos Mwanaka
White Man Walking by John Eppel
The Big Noise and Other Noises by Christopher Kudyahakudadirwe
Tiny Human Protection Agency by Megan Landman
Ashes by Ken Weene and Umar O. Abdul
Notes From A Modern Chimurenga: Collected Struggle Stories by Tendai Rinos Mwanaka
Another Chance by Chinweike Ofodile

Soon to be released

School of Love and Other Stories by Ricardo Felix Rodriguez
The Policeman Also Dies and Other Plays by Solomon Awuzie
Kumafulatsi by Wonder Guchu
https://facebook.com/MwanakaMediaAndPublishing/

Printed in the United States
by Baker & Taylor Publisher Services